EN LETTRES D'ANCRE

ANNE BOYER

CELLES QUI NE MEURENT PAS

Douleur, vulnérabilité, mortalité, médecine, art, temps, rêves, données, éreintement, cancer et soin

Traduit de l'anglais (États-Unis)
par CÉLINE LEROY

BERNARD GRASSET
PARIS

L'édition originale de cet ouvrage a été publiée en 2019
par Farrar, Straus and Giroux, sous le titre :

THE UNDYING

Jaquette : © Gettyimages.

ISBN 978-2-246-82767-2

Eussé-je dix langues et dix bouches

L'*Iliade*

Prologue

En 1972, Susan Sontag écrivit un texte qu'elle prévoya d'intituler « Sur l'agonie des femmes », « La mort des femmes » ou « Comment meurent les femmes ». Dans la rubrique « matériau » de son journal, elle en lista onze, dont la mort de Virginia Woolf, la mort de Marie Curie, la mort de Jeanne d'Arc, la mort de Rosa Luxembourg et la mort d'Alice James. Alice James[1] est morte d'un cancer du sein en 1892, à quarante-deux ans. Dans son propre journal, James décrit sa tumeur comme « cette substance granitique contre nature dans mon sein[2] ». Sontag la cite plus tard dans *La Maladie comme métaphore,* le livre qu'elle écrit alors qu'elle se fait traiter pour le cancer du sein qu'on lui diagnostique en 1974, à l'âge de quarante et un ans[3].

La Maladie comme métaphore dit qu'il ne faut pas prendre le cancer personnellement. Sontag n'écrit jamais « je » et « cancer » dans la même phrase. Rachel Carson est diagnostiquée d'un cancer du sein en 1960, à cinquante-trois ans, alors qu'elle est en train d'écrire *Printemps silencieux*, l'un des livres les plus importants dans l'histoire culturelle du cancer. Carson ne s'exprime pas publiquement sur le cancer dont elle mourra en 1964[4]. Les entrées du journal de Sontag rédigées durant le traitement sont frappantes tant elles sont rares et succinctes. Le peu qu'elles révèlent illustre l'impact du cancer du sein sur la pensée, surtout à cause de la chimiothérapie qui peut affecter gravement et durablement les fonctions cognitives. En février 1976, pendant sa chimiothérapie, Sontag écrit : « J'ai besoin d'une salle de gym mentale. » L'entrée suivante arrive des mois plus tard, en juin 1976 : « lorsque je peux écrire des lettres, alors[5]… ».

Dans le roman de Jacqueline Susann publié en 1966, *La Vallée des poupées*, un personnage prénommé Jennifer a peur de la mastectomie et se suicide par overdose après avoir reçu son diagnostic[6]. « Toute ma vie, dit Jennifer, le mot cancer a signifié la mort, la peur, quelque chose qui me donnait envie de rentrer sous terre. Eh bien maintenant, ça ne me fait plus rien. Ce n'est pas de mourir qui me fait peur, c'est ce que ça va faire à ma vie. » L'écrivaine féministe Charlotte Perkins Gilman, diagnostiquée d'un cancer du sein en 1932, se tue elle aussi : « Je préfère le chloroforme au cancer[7]. » Jacqueline Susann, diagnostiquée à quarante-quatre ans, meurt d'un cancer du sein en 1974, l'année du diagnostic de Sontag.

En 1978, la poétesse Audre Lorde est aussi diagnostiquée d'un cancer du sein à l'âge de quarante-quatre ans. Contrairement à Sontag et comme chacun sait, Lorde accole les mots « je » et « cancer » dans *The Cancer Journals* qui comprend un compte rendu de son diagnostic et de son traitement, ainsi qu'un appel à l'insurrection. « Je ne veux pas me contenter ici de consigner la douleur. Je ne veux pas me contenter ici de consigner les larmes. » Pour Lorde, la crise du cancer du sein c'est « la guerrière qui examine une énième arme avec minutie[8] ». Lorde meurt du cancer du sein en 1992.

Comme Lorde, la romancière britannique Fanny Burney découvre son cancer du sein en 1810 et rédige un récit de sa mastectomie à la première personne[9]. L'ablation du sein s'effectue sans anesthésie. Elle est consciente pendant tout le temps de la mastectomie.

> … ce ne sont pas des jours ni des semaines qu'il m'a fallu, mais des mois avant que je ne parvienne à m'exprimer sur cette affaire abominable sans quasiment la revivre ! Je ne pouvais y penser impunément ! J'étais malade, j'étais troublée par la moindre question – aujourd'hui encore, neuf mois après, avancer dans ce récit me donne la migraine ! & ce récit cauchemardesque…

« Écrire par aphorismes », note Sontag dans son journal quand elle envisage d'écrire sur le cancer dans *La Maladie comme métaphore*[10]. Le cancer du sein vit mal avec le « je » susceptible de « parler de cette affaire abominable » et de rapporter ce « récit cauchemardesque ». Ce « je » est parfois annihilé par le cancer, mais il arrive aussi que la personne qu'il représente prenne les devants et l'annihile par suicide ou par entêtement d'autrice qui refuse que « je » et « cancer » se rejoignent dans une unité de pensée :

« [Effacé] apprend qu'elle a un cancer du sein en 2014 à l'âge de quarante et un ans. »

ou

« J'ai appris que j'avais un [effacé] en 2014 à l'âge de quarante et un ans. »

La romancière Kathy Acker apprend qu'elle a un cancer du sein en 1996, à quarante-neuf ans. « Je vais raconter cette histoire comme je la vis », dit-elle au début de « The Gift of Disease » (Le don de la maladie), un témoignage sur le cancer d'une rare honnêteté qu'elle a écrit pour le *Guardian* : « Ça me paraît encore étrange aujourd'hui. Je ne sais pas pourquoi je le raconte. Je n'ai jamais été sentimentale. C'est peut-être juste pour dire que c'est arrivé. » Acker ne sait pas pourquoi elle raconte cette histoire et pourtant elle le fait : « Au mois d'avril de l'année dernière, j'ai appris que j'avais un cancer du sein[11]. » Acker en est morte en 1997, dix-huit mois après son diagnostic.

Même si toute personne dotée de tissus mammaires peut développer un cancer du sein, ce sont les femmes qui en portent une bonne partie des calamités. Chez les femmes atteintes d'un cancer du sein, ces calamités se présentent sous la forme d'une mort précoce, d'une mort douloureuse, d'un traitement handicapant, d'effets tardifs handicapants dus aux traitements, de la perte du/de la conjoint/conjointe, de revenus et de facultés, mais les calamités se présentent aussi via le bourbier social de la maladie – sa politique de classe, ses délimitations genrées, la distribution racialisée de la mort, l'alternance d'indications confuses et de mystifications brutales.

Si peu de maladies sont aussi calamiteuses pour les femmes dans leurs effets que le cancer du sein, elles sont encore moins nombreuses à être aussi volumineuses dans leurs affres. Ces affres ne concernent pas que la maladie elle-même, mais ce qu'on écrit sur elle ou pas, s'il faut écrire sur elle ou pas, et comment. Le cancer du sein est une maladie qui se présente comme une question de forme mettant tout sens dessus dessous.

La réponse à cette question de forme se trouve souvent dans des effacements contradictoires ainsi que dans les interprétations et corrections de ces effacements. Pour Lorde, une poétesse noire, lesbienne et féministe, l'effacement est celui du cancer, et le silence qui l'entoure est une entrée en politique : « Mon travail est d'habiter les silences avec lesquels j'ai vécu et de les combler de ma personne jusqu'à ce qu'ils retentissent comme les jours les plus radieux et le tonnerre le plus assourdissant[12]. » Pour Sontag, une critique culturelle blanche de la classe moyenne supérieure, l'effacement est d'ordre personnel. Ainsi qu'elle l'écrit dans une note sous la liste des titres possibles pour ce qui deviendrait *La Maladie comme métaphore* : « Ne penser qu'à soi, c'est penser à la mort[13]. »

La quatrième idée de titre pour l'article qu'elle n'a jamais écrit était « Les femmes et la mort ». Elle affirme : « Les femmes ne meurent pas les unes pour les autres. Il n'y a pas de mort "sororale". » Mais je pense que Sontag avait tort. Une mort sororale, ce n'est pas les femmes mourant les unes pour les autres : c'est une mort dans un côte à côte aliéné. Une mort sororale, c'est mourir d'être femmes. La théoricienne queer Eve Kosofsky Sedgwick, diagnostiquée d'un cancer du sein en 1991 à l'âge de quarante et un ans, a écrit sur le fardeau surprenant et parfois brutal du genre qui pèse sur la culture de ce cancer particulier. Elle a écrit qu'en entendant le diagnostic, elle s'est dit : « Merde, j'imagine que je suis vraiment une femme, maintenant[14]. » Comme l'écrit S. Lochlann Jain dans un chapitre intitulé « Butch avec cancer » de son livre *Malignant* : « Un charmant petit diagnostic menace de vous envoyer par le fond, dans la mort archétypale administrée par le corps féminin[15]. » Sedgwick est morte d'un cancer du sein en 2009.

Les femmes ne meurent peut-être pas les unes pour les autres, ainsi que l'affirmait Sontag, mais leur mort par cancer du sein ne va pas sans sacrifice. Du moins pas à l'âge de la « sensibilisation », celui de ce petit ruban rose lucratif qui sert d'alternative au « traitement », celui où l'on nous dit que ce qu'il faut céder pour le bien du plus grand nombre, ce n'est pas tant sa vie que l'histoire de sa vie. Le silence autour du cancer du sein dans lequel écrivait Lorde est aujourd'hui le vacarme d'une production de langage ahurissante autour du cancer du sein. À notre époque, le défi n'est pas de parler dans le silence, mais d'apprendre à résister au bruit qui souvent oblitère. La réticence de Sontag et Carson à se lier à la maladie est désormais remplacée, pour les cancéreuses, par une obligation de toujours le faire.

Même si, comme Kathy Acker, je pourrais prétendre ne pas être sentimentale, cette phrase nous lie, mon cancer du sein et moi, dans un récit qui, s'il n'est pas sentimental, est au moins idéologique :

> « J'ai appris que j'avais un cancer du sein en 2014 à l'âge de quarante et un ans. »

Le problème formel du cancer du sein est donc aussi politique. Un récit idéologique reste un récit dont j'ignore pourquoi je le raconterais, mais que je raconte quand même. Cette phrase avec son « je » et son « cancer du sein » participe d'une « sensibilisation » à l'omniprésence dangereuse. Comme Jain le décrit, le silence n'est plus le plus grand obstacle à la découverte d'un traitement contre le cancer du sein : « Ce partout-tout-le-temps du cancer finit dans un bourbier de jamais-nulle-part[16]. »

Une seule classe d'individus ayant contracté un cancer du sein est régulièrement admise dans le paysage de la sensibilisation qui lave plus rose : celle qui y a survécu. C'est à ces gagnantes que va le butin du récit. A priori, raconter l'histoire de son cancer, c'est raconter l'histoire d'une « survie » grâce à l'autogestion néolibérale – l'histoire parle de la personne atomisée qui fait tout comme il faut, se palpe et prend rendez-vous pour ses mammographies, d'une maladie guérie grâce à l'obéissance, aux courses à pied de cinq kilomètres, aux smoothies de légumes bio et à la pensée positive. Dans son histoire du cancer du sein, *A Darker Ribbon*, Ellen Leopold remarque que l'avènement du néolibéralisme dans les années 1990 a modifié les conventions narratives du cancer du sein : « Le monde extérieur est considéré comme un acquis, une toile de fond sur laquelle se joue le drame personnel[17]. »

Écrire uniquement sur soi n'est pas écrire *uniquement* sur la mort. Dans ces conditions, c'est écrire plus spécifiquement sur un type de mort ou sur un état proche de la mort qui n'admettrait ni politique, ni action collective, ni contexte historique. L'étiologie industrielle du cancer du sein, l'histoire et les pratiques d'une médecine misogyne et raciste, l'incroyable machine à profit du capitalisme, ainsi que la distribution inégale de la souffrance et de la mort par classe sociale sont omises de la forme littéraire sur le cancer du sein, entre-temps devenue ordinaire. Écrire uniquement sur soi, c'est peut-être écrire sur la mort, mais écrire sur la mort, c'est écrire sur tout le monde. Pour reprendre les mots de Lorde : « Je garde tatouée sur le cœur une liste de noms de femmes qui n'ont pas survécu, et la place pour un dernier, le mien[18]. »

En 1974, l'année où elle a été diagnostiquée, Sontag a écrit dans son journal : « Je me suis rendu compte que mon mode de pensée a été jusqu'à maintenant à la fois trop abstrait et trop concret. Trop abstrait : la mort. Trop concret : moi. » Elle inclut alors ce qu'elle appelle un terme intermédiaire : « à la fois trop abstrait et trop concret ». Ce terme intermédiaire – positionné entre soi et sa mort, l'abstrait et le concret – est le mot « femmes ». « De ce fait, ajoute Sontag, un univers de mort tout neuf a surgi sous mes yeux[19]. »

Les consultants

Quand le technicien quitte la salle, je tourne la tête vers l'écran pour interpréter les moindres néoplasmes, réseaux de nerfs, toutes ces petites notes de bas de page où ma pathologie et/ou mon avenir, ou mon avenir compromis, pourraient être écrits. La première tumeur que j'ai vue de ma vie était une tache sombre et ronde sur cet écran, d'où jaillissait un long doigt aux contours irréguliers. Je l'ai prise en photo depuis la table d'examen avec un iPhone. La tumeur était à moi.

J'ai appris que j'étais malade sur la ligne de crête entre clinique et sensation. J'avais les mêmes débardeur vert, short en jean et sandales que je portais tous les étés – après quoi sentiment de surprise, puis rhétorique professionnelle macabre et persuasive qui se diffuse dans le système de climatisation, puis cette femme sérieuse en tailleur gris qui insiste beaucoup sur une fin tragique, puis panique personnelle, raffinements cliniques, conversations étonnées sur Gchat avec mes amis. Un enquêteur entre dans ma vie affublé du costume de toute une institution sociale, explique qu'il ouvre une enquête sur les sensations qu'une personne (moi) n'a pas encore éprouvées, mais qu'elle éprouvera.

Prendre un ensemble d'objets et d'actions d'un système pour les classer dans un autre revient à dire la bonne aventure. Pour une diseuse de bonne aventure, les oiseaux qui partent vers le nord parlent de lendemains qui chantent, les feuilles de thé racontent l'histoire de deux amants et d'un troisième qui sera leur ruine. Après cela, le vol des oiseaux est libéré de la définition de « migration » et quand il se transforme en conte sur la rupture imminente d'un couple, le thé n'est plus une substance qu'on a envie de boire.

Prendre un élément ou un ensemble d'éléments d'un système pour le placer dans un autre ressemble aussi au diagnostic, qui prend des informations de notre corps et réarrange ce qui était à l'intérieur de nous en un système imposé de l'extérieur, loin de nous. Ma grosseur se trouvait autrefois dans le système qui était moi, mais à la seconde où le radiologue l'a classée Birads 5, elle est devenue une tumeur à jamais chez elle dans le système de l'oncologie[1]. À l'instar des oiseaux libérés de la signification de leur vol, à l'instar du thé libéré, une personne diagnostiquée est libérée de ce qu'elle pensait être jusque-là.

Être déclarée *malade* sans aucun doute possible tout en se sentant *bien* sans aucun doute possible, c'est se heurter à la dureté du langage en étant privée d'un moment de douceur et de doute préalable, d'inquiétude préventive, autrement dit : *à cet instant, tu n'as pas de solution à un problème, à cet instant, tu as un mot précis pour qualifier une vie brisée*. La maladie qui ne s'est jamais donné la peine de s'annoncer à nos sens irradie l'écran, puisque la lumière c'est du son et de l'information cryptée, décryptée, transmise, analysée, évaluée, étudiée et vendue. Dans les serveurs, notre santé se dégrade ou s'améliore. Autrefois, nous étions malades dans notre corps. Aujourd'hui, nous sommes malades dans un corps de lumière.

Bienvenue aux détecteurs dont les noms sont des initiales : IRM, TDM, TEP. Casque anti-bruit sur les oreilles, blouse enfilée, blouse enlevée, bras levés, bras baissés, inspirer, expirer, sang prélevé, produit de contraste injecté, sonde endovaginale insérée, sonde endovaginale branchée, se déplacer ou être déplacée – la radiologie transforme une personne constituée d'émotions et de chair en patiente faite d'ombre et de lumière. Il y a des techniciens silencieux, des bruits métalliques assourdissants, des couvertures chauffantes, des bips cinématographiques.

Dans une clinique, une image n'en est pas une : c'est de l'*imagerie*. Nous qui devenons des patientes à travers les ultrasons impulsés par des échographes, les illusions d'optique et expositions à la lumière, les éclatantes injections de produits de contrastes, nous nous appelons désormais, grâce au pouvoir qui m'est conféré par la loi universelle de ce-corps-qui-est-nôtre, des *enfants de l'imagerie*. Au téléphone, les techniciens qui veulent examiner ce que nous avons d'intéressant à l'intérieur disent aux *enfants de l'imagerie* : « Venez la vessie pleine. » L'échographie qui peut déceler une nouvelle vie dans l'utérus peut aussi déceler un embryon de mort.

Nous tombons malades, et notre maladie tombe entre les mains impitoyables de la science, tombe sur les lames examinées par des microscopes sûrs d'eux, tombe sur de jolis mensonges, dans la pitié et les relations publiques, tombe sur de nouvelles pages du navigateur internet et de nouveaux livres rangés sur l'étagère. Puis il y a ce corps (mon corps) qui n'est pas doué pour l'irrésolution, une vie qui se fracture sous l'effet de la terminologie inconnue de l'oncologie et qui, dans la crevasse de ce langage, tombe.

Il y a des gens qui se sentent mal dans leur corps et ne font rien pour y remédier, il y a des gens qui se sentent mal dans leur corps, soumettent leurs symptômes à des moteurs de recherche et ne vont pas plus loin. Puis il y a des gens qui peuvent se permettre de faire circuler cette souffrance entre différents professionnels qui poseront des diagnostics contradictoires. Ce groupe de personnes suit un ensemble de symptômes vers une promesse, demande des examens, questionne les résultats, effectue de longs trajets pour consulter des spécialistes susceptibles de reconnaître le problème.

En faisant circuler les symptômes assez longtemps, cette série de désagréments sera peut-être libérée en se voyant accorder un nom : une maladie, un syndrome, une intolérance, un mot-clé. Parfois c'est un remède suffisant – comme si nommer soignait. Parfois, mettre un mot sur la souffrance d'une personne est l'unique remède existant.

Dans un monde où tant de gens vont si mal, il existe un état à la fois courant, flou et indéterminé où l'on se sent malade, mais qui permet au moins d'appartenir à la communauté de l'indéfini. L'indisposition en quête de diagnostic forme un paysage sensoriel de douleurs curieuses et d'éruptions cutanées, qui n'a pas encore été apprivoisé par la catégorie *maladie*. Le genre de pathologie qui n'a pas de nom est du genre à être laissé en suspens, partagé ou repoussé mollement vers cette zone contiguë qu'est la psychiatrie.

Un corps éprouvant une indisposition mystérieuse s'expose à la médecine en espérant croiser un vocabulaire avec lequel parler en retour de souffrance. Si cette souffrance ne croise pas assez de langage, ceux qui l'endurent doivent se réunir pour en inventer un. Les malades non diagnostiqués développent une littérature sur la maladie sans nom, une poésie, aussi, et un récit de leur quête de réponses. Ils peaufinent des régimes alimentaires en réaction aux échecs de la médecine, tentent de restreindre leur mode de vie et dans ce mélange d'ingestion raffinée de nourriture, de protections rectificatives et de tournées d'inspections professionnelles, la santé bonne ou mauvaise sort des limites de la médecine et résiste autant a la maladie qu'à la guérison.

D'un autre côté, le cancer n'a pas coutume d'apparaître sans s'annoncer. Le cancer se présente avec une déferlante d'experts et de technologies expertes. Il arrive via la surveillance et la parole professionnelles. Nos sens ne nous disent presque rien de notre maladie, mais les médecines nous demandent de croire que ce que nous ne pouvons ni voir ni sentir pourrait nous tuer, et nous les croyons.

« Ils me disent que j'ai un cancer, m'a murmuré un vieil homme dans la salle de chimiothérapie, mais j'en doute. »

Mais nous savions que quelque chose ne tournait pas rond, que le monde ne tournait pas rond (à un niveau catastrophique), que nous ne tournions pas rond (à un niveau catastrophique), que partout quelque chose (peu importe quoi) ne tournait pas rond à un niveau catastrophique.

Nous étions malades sous un vernis de pleine santé et nous étions en pleine santé dans un monde malade.

Nous étions seuls, mais incapables de former les liens nécessaires pour mettre un terme à notre solitude.

Nous étions surmenés, mais notre travail nous enivrait.

J'ai cru que j'étais tombée malade (en quelque sorte), que je n'étais pas bien (dans ma tête), que j'étais terrassée par une crise de faustianisme dans un monde qui avait pactisé avec le diable.

2.

Rhéteur grec né sous le règne de Néron, Aelius Aristide a essayé de guérir son mal en allant dormir dans un sanctuaire du dieu Asclépios et en suivant les instructions reçues en rêve. Aristide, qui avait vingt-six ans quand il est tombé malade, a vécu des années à Pergame au milieu des autres consultants du temple d'Asclépios. Là, les malades attendaient que les prescriptions divines d'Asclépios leur apparaissent dans leur sommeil, puis les mettaient en pratique à leur réveil. Nous dormons aujourd'hui à proximité de dieux que nous avons oubliés, les statistiques étant un mysticisme tardif.

Notre siècle est très doué en production de cauchemars et extrêmement mauvais en interprétation des rêves. Dans mon sommeil, j'entre par effraction dans le supermarché Whole Foods près du lac Merritt à Oakland en compagnie d'un oncologue qui me complimente sur ma tenue. Ou bien Madonna, seins nus, assiste à deux de mes cours. Je suis au milieu d'un village dans un but précis, j'ai trop d'équipement à transporter et des célébrités sont là, mais je ne me rappelle plus qui. Je me lance dans un débat sur tous les mondes ainsi que tous les paradis, et un homme avec qui je débats m'envoie un message : « J'essaye de comprendre de quel centre vous venez. »

Une personne diagnostiquée depuis peu et possédant un accès à Internet est un consultant de l'information. Les données lui rendent visite telle une divinité mineure. Au réveil, nous passons la journée à sonder les abysses de l'écran, à ressentir la pression du quantitatif, à essayer d'apprendre à respirer entre les diagrammes en bâtons, la tête pleine de tailles d'échantillons et de courbes de survie, la vue qui baisse, le corps déférent envers tous ces calculs.

Le cathéter qui vient d'être posé est douloureux. Les infirmières me disent que plus les patientes sont jeunes, plus cela fait mal. Elles me disent que tout dans le cancer est plus douloureux. Je résiste à l'envie de prendre un bain et de me pomponner, j'arrête de me déplacer librement. Je ne pense pas aux autres parties de mon corps, à ce qu'elles peuvent encore faire, parce que celle qui me fait souffrir efface les autres de ma conscience. Quelqu'un m'envoie un lien vers un remède contre le cancer à base de bicarbonate de soude. Une ancienne étudiante envoie un mail pour demander si j'ai entendu parler des cures de jus.

Aelius Aristide compile ses rêves envoyés par le dieu Asclépios dans un livre, *Discours sacrés*, au début des années 170, des années après le début de sa maladie et pendant la période agitée du règne de Marc Aurèle[2]. On disait d'Asclépios qu'il était le fils d'une mortelle et d'Apollon, élevé par un centaure qui lui avait enseigné l'art de la médecine. Dans une des versions de son histoire, Asclépios était si bon médecin qu'Hadès l'a fait tuer de crainte qu'il vide les Enfers. Non seulement les *Discours sacrés* sont un compte rendu d'ordonnances oniriques, mais ils sont aussi le récit autobiographique d'un corps à une époque et dans un lieu donnés. Les rêveurs sacrés emportaient du papyrus dans la chambre d'incubation. Pour les Romains, apparemment, les rêves étaient faits pour être couchés sur le papier. Aristide affirme avoir écrit plus de trois cent mille vers dans le journal de rêves qui lui a servi de matière brute pour son livre. Plus tard, les chercheurs ont appelé ce journal que nous ne lirons jamais « la façon proscrite » de raconter l'histoire[3].

Le Livre des morts tibétain fournit aussi des consignes pour interpréter les rêves comme s'il s'agissait de présages. Ses auteurs prédisent la mort quand le rêveur se voit entouré de corneilles ou d'esprits inquiets, traîné par une foule de trépassés ou nu avec les cheveux courts. Le traitement du cancer fait que je suis souvent à moitié nue et que j'ai les cheveux courts. Plutôt que mes rêves, je consulte PubMed pour avoir des indices sur le temps qu'il me reste à vivre et plus je consulte, plus j'ai peur de mourir au cours de ces traitements coûteux et diaboliques. Puis pendant des heures, je fais alterner ces statistiques avec des achats en ligne, la lecture d'avis sur les perruques, insatisfaite. J'imagine un millier de choses fausses sur moi et un millier d'autres choses fausses en moi et puis un millier de choses fausses en attente et puis un autre millier de choses fausses en formation et encore un autre millier de choses fausses battant en retraite.

Le médecin de l'Antiquité Claude Galien a écrit qu'Aristide faisait partie de ces rares personnes à l'âme forte mais au corps faible[4]. Aristide a continué d'écrire, d'enseigner et de parler pendant « que tout son corps dépérissait ». Je tape le nom de ma maladie sur Google et me sens seule dans l'irréalité de sa production quantitative. Même si je n'ai pas d'avis sur la force de mon âme, j'appartiens à la catégorie des gens ordinaires, ce qui signifie que je dois travailler pour gagner ma vie, donc tout au long de ma maladie je continue aussi d'écrire, d'enseigner et de prendre la parole. Dans les interstices de ces tâches à accomplir, j'effectue des recherches sur la mort, prête à tout pour trouver une étude qui dise que je vivrai. Je commence à rêver de la mort et je sais que je ne dois pas obéir aux instructions de la nuit. Je me réveille et cherche l'exception mortelle de mon corps. Je lis les résultats donnés par LifeMath[5], un calculateur de pronostic vital, puis je me rendors et rêve aux courbes que dessine la mort.

Le jour où j'ai découvert *son* existence, j'ai écrit l'histoire que j'écrivais toujours, celle où une personne et moi étions de nouveau ensemble, où nous ne devrions pas l'être et où j'espérais que bientôt, nous arriverions à ne plus l'être. Cette personne et moi n'étions pas heureuses. Nous étions incapables d'être ensemble sans coucher ensemble. Nous étions incapables de coucher ensemble et de connaître le bonheur. Nous ne connaissions jamais le bonheur si nous n'étions pas ensemble et c'est pourquoi nous nous retrouvions toujours ensemble, tristes et au lit. Nous nous connaissions depuis des années et cette connaissance intime tissait une toile résistante de *on ne devrait pas* dans laquelle se prenaient des formes extravagantes de souffrance mutuellement infligée.

Il y a d'abord eu le sexe, puis la découverte, puis l'escalator pour aller acheter nos billets au guichet du cinéma, puis le rendez-vous pris avec mon médecin, puis j'ai écrit dans mon journal intime que j'avais bon espoir que nous approchions enfin du moment où la présence de l'autre sur Terre cesserait de causer notre malheur. Je n'ai pas écrit que nous avions découvert quelque chose dans mon sein ni le nom du film d'action que nous avions vu en sortant du lit.

Ce n'était pas tant du cancer en lui-même que j'avais peur, puisque je ne savais presque rien sur lui. J'avais peur d'un moteur de recherche. J'avais peur de ce que Google me renverrait quand j'entrerais les mots « grosseur mammaire », peur de la culture de la maladie telle qu'elle était diffusée sur les blogs et dans les forums de discussion, peur de la façon dont les gens étaient transformés en patients avec des noms d'utilisateur et des signatures, des maux, des néologismes et des encouragements. *Mets. Foobs. NED*[6]. Ce premier jour, j'ai eu peur pour mon vocabulaire.

Ce qui s'est passé, c'est que j'ai inscrit dans mon journal des détails d'évitement précis, noté les gestes anodins qu'effectue une personne quand elle est angoissée pour une raison qu'elle refuse de nommer, noté que j'avais lancé une lessive, lavé le sol, fait les lits, juré de me remettre d'une histoire d'amour problématique, je me suis raconté une histoire pour ne pas avoir à en raconter une autre.

On nous dit que le cancer est un intrus à combattre, un aspect dévoyé de notre personnalité, un type de cellule trop ambitieuse, une analogie du capitalisme, un phénomène naturel avec lequel vivre ou une cause de mort possible. On nous dit qu'il est dans notre ADN, on nous dit qu'il est dans le monde, ou on nous dit qu'il se situe dans le mélange confus des gènes et de l'environnement que personne ne peut ou ne veut situer. On nous donne toujours la moitié bruyante de la probabilité que sa cause se situe à l'intérieur de nous et jamais la moitié silencieuse de la probabilité que la source du cancer baigne dans ce monde que nous avons en partage. Nos gènes sont testés, pas l'eau que nous buvons. Notre corps est scanné, mais pas notre air. On nous dit qu'il est dans l'égarement de nos sentiments ou on nous dit qu'il est dans les aspects incontournables de notre chair. On nous dit qu'il existe une différence entre la maladie et la santé, entre l'urgent et le chronique, entre la vie et la mort aussi. On nous annonce le cancer sur le même genre d'écran que celui qui annonce le résultat d'élections, par mail à la minute où nous recevons des invitations à rejoindre LinkedIn. Le réticule des radiologues est le même que celui des pilotes de drones. La vie à l'écran du cancer est la vie à l'écran de toute terreur mondiale médiatisée, et de l'irréalité aussi.

Le cancer paraît irréel. Le cancer fait penser à un extraterrestre que l'angoisse du capitalisme industriel moderne aurait harcelé jusqu'à provoquer une rencontre : semi-astral, semi-sensoriel, totalement abominable. Le traitement du cancer est comme un rêve dont on se réveille à moitié pour découvrir que cet état de semi-veille est un autre chapitre du livre du rêve, un rêve qui est un document autant qu'un réceptacle pour la veille et le sommeil, le moindre plaisir et toute la douleur, l'absurdité insupportable et avec elle tous les sens qui ont pu jaillir, chaque instant du rêve trop immense pour être oublié et chacune de ces réminiscences, une amnésie.

La chirurgienne mammaire a dit que le plus grand facteur de risque pour le cancer du sein était d'avoir des seins. Elle ne me donnerait pas les premiers résultats de la biopsie si je venais seule. Mon amie Cara était payée à l'heure et ne pouvait pas s'arrêter sans perdre l'argent dont elle avait besoin pour vivre, alors elle m'a emmenée au cabinet médical situé en banlieue pendant sa pause déjeuner pour que je puisse avoir mon diagnostic. Aux États-Unis, si vous n'êtes pas l'enfant, le parent ou l'époux/épouse de quelqu'un, la loi n'autorise personne d'autre à demander un congé payé pour prendre soin de vous[7]. Si vous êtes aimée hors du cadre familial, la loi n'a que faire de la profondeur de cet amour – même avec tout l'amour officieux du monde, si vous avez besoin que d'autres prennent soin de vous, il faut que ce soit par bribes de temps volé. Tandis que nous étions assises dans la salle de réunion beige où la lumière pénétrait par une lucarne, attendant l'arrivée de la chirurgienne, Cara m'a donné le couteau à cran d'arrêt qu'elle transportait dans son sac pour que je puisse m'y accrocher sous la table. Après tous ces prérequis théâtraux, la chirurgienne a dit ce que nous savions déjà : j'avais au moins une tumeur cancéreuse de 3,8 centimètres de diamètre au sein gauche. Quand j'ai rendu son couteau à Cara, il était moite de transpiration. Puis elle est retournée travailler.

Le reste du rapport de pathologie est arrivé alors qu'on m'avait déjà envoyée de la chirurgienne à l'oncologue. Dans la « biographie » du cancer écrite par Siddhartha Mukherjee, *L'Empereur de toutes les maladies*, la reine de Perse – Atossa – devient la patiente iconique atteinte d'un cancer du sein en 550 avant J.C. et voyage à travers le temps à la recherche d'un traitement. Cette première fois chez l'oncologue – qui était aussi ma première fois dans une salle d'attente remplie de patients en chimiothérapie dont aucune n'appartenait à la royauté –, l'expérience de pensée proposée par Mukherjee et dans laquelle une aristocrate malade, toujours la même, fait le tour des contextes médicaux fongibles, est devenue l'emblème frappant des mythes de la culture du cancer. Le cancer n'est pas une chose uniforme rendue éternelle dans un corps anhistorique et qui suit la trajectoire des progrès technologiques[8]. Aucun patient n'est souverain, chaque personne en souffrance, qu'elle soit marquée par le traitement contre le cancer ou par la routine épuisante des soins à prodiguer aux cancéreux, est aussi marquée par nos spécificités historiques, disséminées dans un ensemble de relations sociales et économiques.

L'histoire de la maladie n'est pas l'histoire de la médecine – c'est l'histoire du monde –, et l'histoire de la corporéité pourrait bien être l'histoire de ce que l'on fait à la majorité d'entre nous dans l'intérêt d'une minorité.

Sur un bout de papier jaune, l'oncologue – celui qu'une de mes amis et moi avons plus tard surnommé Dr Bébé tant il ressemblait à un chérubin – a inscrit d'une écriture puérile « cancer du sein hormonodépendant », m'a expliqué que pour ça, il existait des traitements ciblés, puis il l'a barré. Ensuite, il a écrit « cancer du sein *Her2* positif », m'a expliqué que pour ça, il existait des traitements ciblés, puis il l'a barré. Enfin, il a écrit « triple négatif » et m'a expliqué qu'il n'existait aucun traitement ciblé. Représentant entre dix et vingt pour cent des cancers du sein, c'est celui qui offre le moins d'options de traitement, un pronostic considérablement moins bon que les autres et qui entraîne un nombre de décès disproportionné. L'oncologue m'a dit que c'était le cancer que j'avais. Il a dit que la tumeur était nécrotique, ce qui signifiait qu'elle grossissait si vite qu'elle n'avait pas le temps de créer sa propre infrastructure. Pour le taux de croissance de la tumeur, il a écrit « 85 % » et j'ai demandé ce que ça impliquait. Il m'a dit qu'un index Ki-67 « au-dessus de vingt pour cent » indiquait un cancer extrêmement agressif[9]. Il a ajouté : « chimiothérapie néoadjuvante » qui signifiait « sur-le-champ[10] ». J'ai refusé qu'on dissèque les nodules ou qu'on fasse une biopsie là où les médecins craignaient qu'il puisse y avoir d'autres tumeurs : la mauvaise nouvelle de cette tumeur bien concrète me suffisait, et son traitement serait si agressif qu'il me semblait inutile de subir une intervention douloureuse pour savoir ce que je pouvais avoir d'autre.

Là où le livre de Mukherjee a raison, c'est que si on diagnostiquait un cancer du sein triple négatif résistant à la chimiothérapie à la reine perse Atossa, « ses chances de survie changeraient à peine[11] ». Ne pas se soumettre à la chimiothérapie, c'est mourir, a suggéré Dr Bébé. S'y soumettre, ai-je pensé, c'est avoir l'impression de mourir, mais avec une possibilité de vivre, ou bien mourir des effets secondaires plutôt que de la maladie de départ, ou enfin, vivre, presque rétablie, mais pas tout à fait. En rentrant à la maison, l'autoradio a posé une question à laquelle je n'avais pas le pouvoir de répondre : *Should I Stay or Should I Go ?* Je reste ou je pars ? J'ai cherché sur les autres stations, mais impossible de trouver une chanson avec la réponse. Rester ou partir impliquait de rester dans cette vie ou d'en partir. Je vis ou je meurs ? Mais rien n'était posé aussi franchement. Dès qu'une patiente s'allonge sur la table d'examen, elle dépose sa vie sur un lit de réponses restreintes, sauf que les questions ne sont jamais assez claires.

Quelle sera l'issue de cette maladie ? ressemble aux questions posées par les enquêteurs, les collectionneurs d'art, les graphologues ou toute personne déplaçant un détail fortuit et contestable pour le mettre au cœur d'une histoire[12]. Il y a enchantement quand les choses sont elles-mêmes et non leurs usages. C'est pour ça que l'enchantement commence à perdre du terrain quand on croit qu'un amas de cellules peut prédire les affres de juin prochain. Dans les conditions d'une interprétation douteuse, rien ne redevient aussi parfait que l'était l'enchantement, à l'époque où les cheveux qui tombaient d'une tête étaient les annales de la beauté de cette même tête et non la pièce à conviction à glisser bien vite dans un sachet après un crime.

Après le diagnostic, presque rien ne redevient comme avant. Les infirmières me remettent un classeur rutilant avec la photo d'une femme aux cheveux blancs qui sourit en couverture. Il s'intitule *Votre parcours en oncologie*, mais je suis persuadée que ce parcours ne peut pas être le mien. Sur cette route, chaque étape rapproche de Delphes, encombrée de divination, le moindre augure désormais accompagné de la malédiction du ça-pourrait-être-pire, le pire étant bien pire que ça. Tout du long, les aruspices ne cessent d'offrir leurs augures, ne cessent d'offrir, en même temps que leurs augures, d'exotiques garanties pour ou contre, ou bien de mauvaises raisons, et tout cela ressemble davantage à un empilement de mensonges créant une vérité de plus en plus repoussante et catastrophique qui dit je-ne-peux-rien-savoir-alors-pourquoi-essayer.

Pendant ce temps, à chaque étape, la moindre sensation est aussi spectaculaire qu'une scène de crime. Aucun détail n'est trop petit pour devenir la preuve ultime que le monde ne tourne pas rond. Et chaque sensation en tant que scène de crime est la scène à venir ou concomitante d'autres crimes innombrables, certains d'entre eux commis au nom de la guérison et les autres au nom du monde tel qu'il est, tous commis pendant l'enquête elle-même, tous créant plus de sensations et simultanément un spectacle, un massacre ainsi qu'une occasion d'interprétation, additionnant les strates de douleur, d'augures et de mensonges.

Apprendre qu'on a un cancer aujourd'hui, ce n'est pas vivre dans la trajectoire définie par un classeur : votre parcours en oncologie est un mensonge. « Un tableau n'est pas un compte rendu de ce qui a été dit et des réponses qui ont été formulées, a écrit John Cage, mais la présence dense et immédiate du corps nu de l'histoire qui se voile[13]. » Être une patiente atteinte d'un cancer aujourd'hui, c'est exister dans l'immédiat en tant que présence, dense, de l'histoire des corps qui se voile.

Aelius Aristide a appelé la période où il a vécu comme consultant au temple d'Asclépios sa *Cathedra*. Ceux qui étaient visiblement en train de mourir avaient interdiction d'entrer dans le temple, de même que les femmes visiblement enceintes : la naissance et la mort étaient discrètement maintenues dans des structures érigées sur des terrains limitrophes. Les malades portés par leur foi passaient leur temps à se baigner, brûler des offrandes, dormir et discuter entre eux de leurs rêves au réveil. Après quoi ils observaient les prescriptions reçues. La plupart du temps, les rêves des consultants se divisaient en deux catégories. Ceux de la première donnaient des instructions entrant dans le cadre des pratiques médicales romaines – jeûne, changement de régime alimentaire, médicaments, phlébotomie, purges – et ceux de la seconde prescrivaient des choses si extravagantes qu'on raconte que les médecins de Pergame frémissaient en les entendant.

Le diagnostic a entamé ma faculté de différencier les bons conseils d'une idéologie creuse[14]. Au début, tout ce qu'on m'indique de faire pour affronter le cancer ressemble plutôt au symptôme d'un monde lui-même malade. Dans mon journal, j'écris « le corps dans l'intimité de la machine », puis sur un forum, je lis qu'avoir les cheveux courts rendra leur perte plus facile à supporter. J'essaye d'y croire. D'habitude, je me coupe moi-même les cheveux, mais cette fois, je prends rendez-vous chez un coiffeur – le Belle Époque – et m'assois dans le fauteuil surélevé sans dire un mot pendant qu'une grande blonde que je ne connais pas coupe mes longs cheveux sombres au-dessus des épaules. Alors que mes cheveux forment un tas qui sera balayé plus tard par une assistante sous-payée, je me rends compte que, pendant un certain nombre d'années et sans en avoir jamais eu conscience, j'ai presque été belle et que désormais, je ne le serai plus vraiment. Je repense aussi à ce que j'ai pu répéter à une époque, que ce qu'il y a de mieux dans la vie, c'est que les cheveux poussent, la preuve élémentaire que rien ne reste figé pour toujours et que le monde peut changer de toutes les façons possibles. À cet instant, il ne s'agit pas seulement de la chute de mes cheveux, mais aussi de la mort de mes follicules, et d'admettre douloureusement que ce qui poussait autrefois cesserait de le faire alors même que je continuerais de vivre, que tout ce qui m'avait paru évident sur le monde devrait à nouveau faire ses preuves.

« Variable, et donc misérable condition de l'homme ! » a écrit le poète anglais John Donne dans son chef-d'œuvre rédigé en 1624 alors qu'il était alité, *Méditations en temps de crise,* un texte en prose composé de vingt-trois chapitres pour les vingt-trois jours où Donne a cru que son affection serait mortelle. « À cette minute, j'allais bien et je vais mal à cette minute[15]. »

Personne ne sait que vous avez un cancer jusqu'à ce que vous l'annonciez. Je fais une capture d'écran de la première méditation de John Donne et la poste sur Facebook : « Nous étudions la santé, nous délibérons sur notre nourriture, sur la boisson, sur l'air, sur l'exercice, et nous taillons et nous polissons chaque pierre qui contribue à cet édifice, et ainsi notre santé est un travail long et régulier ; mais en une minute un coup de canon abat tout[16]. »

Je reçois beaucoup de *likes*. Puis je suis d'autres instructions trouvées sur Internet : l'annoncer à ma mère, l'annoncer à ma fille, briquer la cuisine du sol au plafond, négocier avec mon employeur, trouver quelqu'un pour s'occuper du chat, aller au magasin solidaire pour dégoter des vêtements adaptés au futur cathéter de ma chimio, s'inquiéter au téléphone avec mes amis du fait que je n'ai personne pour s'occuper de moi. Il est décidé sans cérémonie qu'au bout du compte, les médecins m'enlèveront les seins et les jetteront dans un incinérateur, et à cause de ça, je commence à m'entraîner à faire comme si je n'avais jamais eu de seins.

Une personne atteinte d'un cancer agressif est rarement dans une position où elle peut se passer des prières, de la magie ou de l'argent des autres. Des amis organisent une cagnotte sur Internet. Des connaissances me donnent des cristaux. Sur le conseil de quelqu'un, j'essaye la régression de mémoire et au lieu de la royauté qui semble être le lot de tout un chacun en matière de vies antérieures, je suis un vieux mendiant lépreux, malade et plus triste que je ne l'ai jamais été. Dans une autre vie, je suis un enfant qui passe plus de temps à mourir qu'à vivre. Je ne crois à rien de tout ça, mais je trouve logique qu'à travers toutes les vies possibles et imaginables, j'aie été la meilleure version possible de personne.

Dans l'Antiquité, les temples de guérison étaient construits dans des vallées près de sources et de grottes. Les malades apportaient au dieu Asclépios des ex-voto de la forme du membre atteint en échange d'une guérison : jambes, bras, globes oculaires sculptés. Le bruit courait que les pouvoirs d'Asclépios étaient si grands qu'il pouvait faire revenir les gens d'entre les morts grâce au sang de Méduse. Certains disaient que sous le plus majestueux des temples d'Asclépios se trouvait une fosse remplie de mille serpents. Ces serpents de temples étaient parfois relâchés au milieu des consultants qui étaient toujours heureux de les voir, croyant que leur ondulation sur un orteil pouvait les guérir. Les images oncologiques contemporaines représentent surtout des visages et tous sont éclatants, d'un bonheur qui touche tous les âges et toutes les origines. Les visages qui rayonnent sur cette documentation montrent le cancer comme rituel social (un crâne chauve, un ruban de la bonne couleur) mais ne montrent rien de la souffrance, ni celle due au cancer ni aucune autre – due au travail, au racisme, à une rupture sentimentale, à la pauvreté, à la maltraitance, à la déception. Nos temples collectionnent les sourires stérilisés de toute histoire, chaque photo de nos maladies formant un ex-voto de bonheur étincelant et douteux.

Si j'avais été consultante à l'époque d'Aristide, j'aurais dû apporter une offrande de calculs étranges, frôlant une inévitabilité mortelle. Je ne me sentais pas malade. Enfin, ce n'est pas tout à fait vrai. Durant les semaines entre la découverte de la tumeur et le début de la chimiothérapie, la tumeur a commencé à me faire mal et n'a plus arrêté ensuite, sa vie a fait du bruit contre la mienne. J'ai demandé à la chirurgienne si c'était parce que la tumeur se développait et que c'était un cancer très agressif, et elle a répondu, *oui, avec ce genre de cancer, probablement.* J'aurais su que j'étais malade bien assez tôt. Je me serais présentée à Asclépios avec mon sein gauche en ex-voto.

J'ai commencé à collectionner des images de sainte Agathe tenant un plateau chargé de ses seins tranchés. Agathe est la sainte patronne du cancer du sein, des incendies, des éruptions volcaniques, des femmes célibataires, des victimes de torture et de viol. C'est aussi la sainte patronne des tremblements de terre parce que quand ses tortionnaires l'ont amputée des seins, le sol s'est mis à trembler en guise de représailles.

4.

L'enchantement se distingue de la mystification. L'un est la magie ordinaire de tout ce qui existe en soi, l'autre est une escroquerie pernicieuse. La mystification floute les faits élémentaires d'un monde que nous avons en partage pour nous empêcher de le changer. Les désenchantements du cancer ouvrent la voie à ses mystifications. Je n'avais pas tellement réfléchi au cancer du sein avant d'en avoir un, mais quand je me suis penchée dessus au début, j'ai pensé que c'était simple. J'avais cru qu'on en mourait moins et que son traitement avait été facilité, qu'un cancer du sein mettait notre vie un peu entre parenthèses, mais qu'on s'en sortait. Ça se serait peut-être passé comme ça si j'avais eu un autre cancer, mais avec le mien, tout a été difficile, notamment pour trouver la vérité. La moindre information semblait faite pour m'embrouiller l'esprit.

Il devait forcément y avoir un fait ou un ensemble de faits élémentaires, mais avec l'écran sous le nez, je ne voyais pas la vérité, trop obsédée par l'idée que quelque part dans mon ordinateur, je découvrirais une raison de vivre.

Ma tumeur avait commencé sur un écran et je l'y ai remise. J'ai entré ses caractéristiques précises dans un logiciel de pronostics qui promettait de me montrer l'avenir sous forme de pictogrammes. Les femmes mortes étaient représentées par quarante-huit visages énervés rose foncé, celles qui vivaient par cinquante-deux visages souriants verts. Tous ces visages étaient censés avoir, comme moi, quarante et un ans et exactement la même version de ma maladie, mais aucun de ces visages, vivants ou morts, ne disait *pourquoi* ni *quand* ni *qui*.

Je ne savais pas du tout ce que c'était d'avoir un cancer, mais je m'y connaissais pour éviter de raconter une histoire. Dans le rêve de la nuit précédente, j'avais vu un autre genre d'institution – quelque chose baigné d'une lumière bleue dans un immeuble de bureaux en verre, dans le genre de ville qui sert de décor à une série judiciaire.

Tout ce qui fait qu'on est malade s'inscrit d'abord dans notre corps et s'inscrit parfois dans un carnet, plus tard. Le cancer admet rarement l'érotisme et si ceci n'est sans doute pas un roman, je préférerais être Marguerite Duras, écrire l'amour ou ses déceptions. Une fois le traitement commencé, mes désirs érotiques se portaient sur le matériel médical et ses auxiliaires : un fauteuil roulant et quelqu'un pour le pousser, un bassin hygiénique et quelqu'un pour le vider. Puis mes désirs se sont portés sur l'heure passée à considérer l'acte de « bouger » chaque fois que je devais bouger, répétant mentalement cet événement qu'est le mouvement, préparant chaque partie de mon corps qui serait sollicitée et la façon dont elle était liée aux autres, puis je bougeais et m'apercevais que toute cette préparation mentale ne facilitait pas du tout le mouvement. Avant de tomber malade, j'avais de la force, mais rapidement, je suis devenue si faible que parcourir de courtes distances, les moins de deux mètres qui séparaient le lit de la porte de la chambre, par exemple, m'essoufflait. Commencer par une vie pleine d'appétit, puis être incapable de manger ou de faire l'amour, ne pas en avoir envie, ne pas m'en soucier plus que ça parce que c'était un effort trop grand de faire les courses, de préparer à manger, ou de lever la main pour caresser avec tendresse cette absence qui était là ; puis ne plus dormir non plus à cause d'un éreintement si fulminant que le soulager était trop éreintant pour le corps – et pendant ce temps, une douleur à foyers multiples sur laquelle, comme pour l'éreintement, j'écrirais plus tard, même si, pour paraphraser Clarice Lispector, cela reviendrait à prendre en photo l'odeur d'un parfum.

Lispector dit de son livre *Aqua Viva* que « c'est une histoire d'instants qui s'enfuient comme les rails fugitifs que l'on voit de la fenêtre du train[17] ». Au début de ses *Discours sacrés*, Aristide explique les difficultés d'écrire sur l'expérience de la maladie.

> Bien plus, quel qu'ait été jamais le grand nombre d'amis qui me prièrent ou me pressèrent de parler et d'écrire à

ce sujet, je n'obéis jamais à aucun d'eux, car je fuyais l'impossible. C'était, me semblait-il, comme si j'avais été forcé de rendre compte d'un voyage en plongée à travers la mer entière, dire une à une toutes les grosses houles rencontrées, de quelle sorte de mer j'avais fait l'épreuve en chacune d'elles et qui était l'être qui me sauvait[18].

Naissance du pavillon

Je tremble toujours de n'avoir écrit qu'un soupir, quand je crois avoir noté une vérité.

STENDHAL, *De l'amour*, 1821.

communiqué depuis la clinique satellite d'un pavillon portant le nom d'un financier et située en grande banlieue.

Arrachez-vous les cheveux par poignées dans des lieux socialement stressants : Sephora, tribunal des affaires familiales, Bank of America, partout où vous effectuez un travail rémunéré, pendant une conversation avec votre propriétaire, à la prison de Leavenworth, partout, tout le temps dans le regard des hommes. Négociez pour obtenir ce dont vous avez besoin parce que vous en aurez plus que jamais besoin. Si ces négociations échouent, arrachez-vous les cheveux devant la personne qui vous oppose un refus, laissez des poignées de cheveux dans les bois, les prairies, dans les parkings de supermarchés, devant chaque bar où votre apparence féminine conventionnelle vous a valu à vos amies et vous des pichets de bière locale gratuits.

Passez la tête par la vitre baissée de la voiture et laissez le vent emporter vos cheveux. Laissez vos amis récupérer des boucles de vos cheveux pour qu'ils les donnent à d'autres amis qui les laisseront dans des lieux socialement stressants : à éparpiller dans des ports, à l'intérieur de monuments nationaux, de bâtiments dont l'architecture a été pensée pour que les gens ordinaires s'y sentent petits et bêtes, à jeter sur les harceleurs dans la rue.

Arrachez vos poils pubiens à la racine, par touffes, et envoyez-les à des technocrates dans des enveloppes sans expéditeur. Laissez les poils de vos aisselles sur le site pollué par des déchets toxiques à côté duquel vous avez vécu à une époque, vos poils de nez à n'importe quel responsable des ressources humaines qui vous refuse un congé.

Quand vos cils tombent, envoyez-les comme un porte-poisse à toutes les personnes qui, confrontées à votre maladie, ont disparu. Vos cheveux tomberont sur toutes les surfaces que vous approcherez : ils tomberont en formant de nouveaux alphabets et de nouveaux mots. Lisez ces mots pour découvrir l'étiologie de votre maladie : avec de la chance, vous lirez un autre mot qui signifie « la maladie vous a transformée en arme ». Dans les zones dégarnies de votre crâne, vous lirez comment retourner vos cellules agonisantes contre ce que vous haïssez et ce qui vous hait.

De même que vous voyez une arme dans la chute de vos cheveux, vous verrez que votre corps qui s'effondre est une arme, qu'il est une arme même quand il ne s'effondre pas. Dans cette nouvelle théorie sur ce que c'est d'être malade, votre amie dira que veiller sur vous c'est veiller sur des armes. Vous avez transformé votre chambre en armurerie. Toute personne qui vous apporte de l'eau ou à manger charge aussi un revolver.

1.

Le pavillon des cancéreux est une cruelle démocratie de l'apparence : le même crâne chauve, le même teint dévasté, le même visage bouffi par les stéroïdes, le même cathéter en plastique pour la chimio qui fait une bosse sous la peau. Les vieux ressemblent à des enfants, les jeunes ont un comportement sénile, les personnes d'âge moyen découvrent que tout ce qui caractérise leur âge moyen disparaît.

Les barrières de notre corps cèdent. Tout ce que nous étions censés garder à l'intérieur semble nous échapper. Le sang des saignements de nez provoqués par la chimio goutte sur les draps, les formulaires, les tickets de caisse de la pharmacie, les livres de la bibliothèque. Nous ne pouvons pas nous empêcher de pleurer. Nous émettons des odeurs infectes. Nous vomissons.

Notre vagin est empoisonné et notre sperme est empoisonné. Notre urine est si toxique qu'il y a une affichette dans les toilettes demandant de tirer deux fois la chasse. Nous ne ressemblons pas à des gens : nous ressemblons à des cancéreux. Nous ressemblons à une maladie avant de nous ressembler.

Le langage ne se plie plus à sa fonction sociale. Employer des mots revient à s'approcher comme une bombe incongrue. Quelqu'un parle de la météo : en réponse, une phrase sans rapport sortie d'une conversation fantôme : « Nous devons apprendre à accepter ce que nous voulons. » Les phrases résistent à la syntaxe. Les lexiques se re-forment en traductions maladroites de mots que nous avons connus ou en d'autres que nous ne connaîtrons jamais. Les enfants à qui les mères apprenaient autrefois à parler regardent aujourd'hui leur mère malade gesticuler comme un bébé qui apprend à parler, incapable de se rappeler les mots « télévision » ou « tasse ».

Dans les salles d'attente, le travail du soin rencontre le travail des données. Les épouses remplissent les formulaires de leur mari. Les mères remplissent ceux de leurs enfants. Les femmes malades remplissent les leurs.

Je suis une femme malade. J'écris mon nom. À chaque rendez-vous, on me tend une feuille sortie de la base de données centrale qu'on me dit de corriger ou d'approuver. Sans nous, les bases de données seraient vides.

Les réceptionnistes distribuent les formulaires, impriment les bracelets qui seront lus plus tard par des scanners entre les mains d'autres femmes. Les aides-soignantes sont sur un seuil de porte sans jamais vraiment le franchir. Elles tiennent ces portes ouvertes avec leur corps et appellent les patients. Ces femmes appartiennent aux professions paramédicales qui sont sur les seuils, elles pèsent le corps des patients sur des balances numériques, prennent les constantes dans les petits box ouverts de la zone de transit. Puis elles conduisent la patiente (moi) vers une salle d'examen et se connectent au système. Elles entrent les chiffres que mon corps génère quand il est offert aux machines : si j'ai chaud ou froid, le rythme de mes battements cardiaques. Puis elles posent la question : *Évaluez votre douleur sur une échelle de un à dix ?* J'essaye de répondre, mais la bonne réponse n'est jamais numérique. La sensation est l'ennemi de la quantification. Il n'existe pas encore de machine à laquelle un système nerveux puisse soumettre une sensation pour la transformer en une mesure suffisamment descriptive.

La médecine contemporaine hyper-réagit à l'événement turbulent qu'est la maladie en le transmuant en données. Non seulement les patients deviennent de l'information, et pas seulement via les quantités de ce qui émerge de leur corps discret ou de ce qui le traverse, mais ce sont aussi les corps et les sensations de populations entières qui deviennent les calculs de probabilité (tomber malade ou rester en bonne santé, vivre ou mourir, guérir ou souffrir) sur lesquels le traitement est basé. Le corps de tout un chacun est soumis à ces calculs, mais ce sont les femmes, le plus souvent, qui font le travail préliminaire pour traduire l'aspect nébuleux et non quantifiable de la maladie dans les mathématiques technologisées de la médecine.

Pouvez-vous me donner vos nom et date de naissance ? Le nom d'une patiente atteinte d'un cancer, celui qu'elle donne elle-même, vient en complément du code barre inscrit sur son bracelet, puis en complément de toutes les substances – sang en tube après prélèvement, médicaments de la chimiothérapie injectés – dont le lieu et l'identité doivent être confirmés. Même si mon identité a été obtenue en scannant mon bracelet, me demander de répéter mon nom est une solution de repli pour la médecine et sa collecte d'informations : c'est le punctum de chaque transmission de ce qui entre dans mon corps ou en sort. De temps en temps, je pourrais peut-être me souvenir de qui je suis. Mais la répétition est une méthode de désensibilisation. S'évaluer *soi* sur une échelle de 1 à 10 ? Dans l'abstraction médicalisée du cancer, j'incarne l'*à-peine*, le troisième élément qui vient après les sensations du corps et les systèmes informatiques de la médecine.

Les infirmières me retrouvent dans la salle d'examen après que j'ai échangé mes vêtements contre une blouse. Elles se connectent au système. Si on m'a fait une prise de sang, on m'autorise à regarder la feuille où est imprimée la liste de ses ingrédients. Chaque semaine le sang contient plus ou moins d'un type de cellule ou de substance par rapport à la semaine précédente. Ces substances augmentent et diminuent, déterminent la future quantité de traitement, sa durée. Les infirmières m'interrogent sur ce que j'éprouve dans mon corps. Elles entrent les sensations que je décris dans un ordinateur, cliquent sur les symptômes qu'on a depuis longtemps rangés dans une catégorie avec un nom et un code pour l'assurance.

Le mot « soin » fait rarement penser à un clavier. La plupart des gens pensent que le travail, souvent pas ou très mal rémunéré, de ceux qui sont dans le soin (ou dans ce qu'on appelle parfois le « travail reproductif » – se reproduire soi et les autres comme des corps vivants chaque jour, nourrir, laver, s'occuper de, etc.) est ce qu'il y a de moins technologique, de plus affectif et intuitif. Le « soin » est souvent compris comme un mode émotionnel qui voisine l'amour, ce qui se révèle véridique. Le soin semble aussi éloigné de la quantification que les sensations de faiblesse et de douleur de la personne dont on prend soin semblent éloignées d'un cours de statistiques. *Je prends soin de toi* suggère un type d'abstraction différent (celui du sentiment) que celui qui mesure le nombre de divisions des cellules cancéreuses (celui du fait pathologique). Mais des renversements étranges se révèlent au cours d'une maladie grave. Ou plutôt, ce qui fait penser à un renversement devient une clarification. Notre corps autrefois résistant, imprévisible, sensible, incroyablement salissant et animal se soumet – imparfaitement, mais aussi intensément – aux conditions abstraites de la médecine. De même, le soin devient vivant et concret.

Les réceptionnistes, les aides-soignantes, les techniciennes de laboratoire et les infirmières ne doivent pas seulement entrer les informations concernant mon corps dans la base de données, elles doivent aussi tenir à moi pour prendre *soin* de moi. À l'hôpital, mon urine est analysée et transformée en diagrammes par la même personne qui me réconforte en discutant avec moi. Ceci pour que les procédures douloureuses soient moins douloureuses. Ces travailleuses qui vérifient deux fois mon nom, scannent mon bracelet d'hôpital et mettent en place un système de double contrôle des doses en reliant les poches de médicaments au cathéter dans ma poitrine, sont les mêmes qui me touchent le bras doucement quand j'ai l'air d'avoir peur. La travailleuse qui effectue une prise de sang me raconte une blague. Le travail du soin et celui des données existent dans une sorte de simultanéité paradoxale : ils ont en commun d'être effectués la plupart du temps par des femmes et, à l'instar de tout ce qui a été identifié historiquement comme du travail féminin, il ne se remarque pas. Souvent, on ne le voit que quand il est absent : une maisons sale attire plus l'attention qu'une maison propre. Le décor qui paraît exister sans effort n'existe qu'après beaucoup d'effort, le travail du soin et celui des données sont des tâches discrètes, journalières, persistantes et perpétuelles. Le dossier d'une patiente est comme la maison que l'on habite, le lieu d'un travail qui dure l'éternité d'une vie.

Pendant la période où je me suis fait soigner, la plupart de ces travailleurs – réceptionnistes, personnel paramédical et infirmières – ont été des travailleuses.

Les médecins, qui sont tantôt des femmes tantôt des hommes, m'accueillent au pic de quantification de mon corps. Ils se connectent au système, mais ils tapent moins sur le clavier, voire pas du tout. Alors que leur regard se déplace sur l'écran où sont affichées les catégories et quantités mises à jour de mon corps, je repense à John Donne : « Ils m'ont vu, entendu, mis au fer et ont reçu la preuve ; j'ai découpé mon anatomie, je me suis disséqué moi-même et ils vont lire sur moi[1]. »

Si ce sont les femmes qui transmuent les corps en données, ce sont les médecins qui interprètent les données. Les autres travailleuses ont extrait l'information de moi et m'ont étiquetée : j'ai informatisé mes propres sensations. Ce sont les médecins qui me lisent – ou plutôt, qui lisent ce que mon corps est devenu : une patiente faite d'informations, produite par le travail des femmes.

Dans six heures environ, et pour la deuxième fois, de l'adriamycine sera injectée dans mon corps par un cathéter en plastique, implanté chirurgicalement dans ma poitrine et connecté à ma veine jugulaire. Son nom s'inspire de la mer Adriatique près de laquelle cette molécule a été découverte. Son appellation générique est doxorubicine qui dérive du mot « rubis », parce qu'elle est d'un rouge étincelant et voluptueux. J'aime me dire que ce poison est le rubis de l'Adriatique que je ne connais pas et où j'aimerais aller, mais on l'appelle aussi « le diable rouge », et parfois « la mort rouge », alors peut-être devrait-on aussi l'appeler *le joyau diabolique de la mortalité sur les rives de Venise.*

Pour administrer ce médicament, l'infirmière en oncologie, après avoir vérifié la dose prescrite avec une collègue, doit enfiler une combinaison de protection compliquée, et lentement, personnellement, envoyer l'adriamycine dans le cathéter. Ce médicament détruit les tissus s'il sort des veines : il est souvent considéré comme trop dangereux pour être administré en goutte-à-goutte. On raconte que si on en fait tomber sur le lino de l'hôpital, il le fait fondre. Pendant plusieurs jours après son administration, mes fluides corporels seront toxiques pour les autres et corrosifs pour les tissus de mon propre corps. L'adriamycine est parfois fatale pour le cœur, la quantité qu'un patient peut recevoir de ce produit dans une vie est limitée et à la fin de mon traitement, j'aurais reçu la moitié de cette quantité.

Aux États-Unis, l'utilisation de l'adriamycine a été largement approuvée l'année suivant ma naissance, en 1974, ce qui veut dire qu'en incluant les années passées à tester la molécule, son utilisation sur les cancéreux est plus vieille que moi. C'est sans doute ce qu'a reçu Susan Sontag avant d'écrire *La Maladie comme métaphore*, l'un des premiers livres qu'on m'a envoyés par courrier quand je suis tombée malade. Endurer les effets de l'adriamycine me fait penser à un rite antique qui durerait des décennies et serait pratiqué sur nombre de types de cancer comme une induction rituelle, que le patient en ait besoin ou pas. Parce qu'elle tue les cellules de manière tout à fait classique – qui rend les gens chauves et les fait vomir – et que ses conséquences donnent l'impression qu'elle est la référence en matière d'oncologie. Beaucoup de gens ont un cancer qui affecte peu leur apparence, mais la *victime d'un cancer* – dans le sens filmique – est une personne qui reçoit ce genre de chimiothérapie. Que mon traitement commence par là est le signe évident du peu de progrès qui a été fait.

Le recours à l'adriamycine peut déclencher une leucémie, une insuffisance cardiaque, une défaillance d'organe, et me causera très certainement une infertilité et des infections. Comme beaucoup de molécules utilisées en chimiothérapie, l'adriamycine étant une généraliste de la destruction, elle est aussi toxique pour le système nerveux central, et mes mitochondries commenceront à réagir trois heures après la perfusion. Cette réaction peut durer jusqu'à vingt-sept heures, mais les conséquences néfastes tombent en cascade bien au-delà du traitement et peuvent souvent se faire sentir pendant des années. Assise dans le fauteuil de perfusion, les substances blanche et grise de mon cerveau se mettent à diminuer. Il n'existe aucun moyen particulier de savoir comment cela va m'affecter : les lésions cérébrales dues à la chimiothérapie sont cumulatives et imprévisibles. Même si cette molécule est utilisée depuis un demi-siècle, et parce qu'elle ne traverse pas la barrière hémato-encéphalique, certains médecins n'ont pas cru les patients qui parlaient de ses effets sur leurs fonctions cognitives, ou quand ils entendaient ces histoires, ils réduisaient les plaintes à d'autres sentiments de mal-être liés au cancer.

Les IRM d'autres personnes qui ont reçu cette chimiothérapie pour un cancer du sein montrent que les atteintes au cortex visuel « ont créé une diminution marquée de l'activité du cortex préfontal dorsolatéral moyen gauche et du cortex prémoteur » et « ont entraîné une diminution marquée de l'activité du cortex préfrontal dorsolatéral gauche, une augmentation des erreurs persévératives, et un ralentissement des tâches mentales[2] ». Les patientes déclarent perdre la capacité de lire, de se rappeler certains mots, de parler avec facilité, de prendre des décisions et de se souvenir. Il y en a qui perdent non seulement la mémoire à court terme, mais aussi la mémoire épisodique : en clair, elles oublient leur vie.

Ces effets, dont m'a informée le Dr Bébé avec désinvolture alors qu'il m'accompagnait à ma première séance de chimiothérapie, sont apparemment inévitables. On ne peut rien y faire, me dit *Votre parcours en oncologie*, à part supporter avec « bonne humeur » de vivre avec des lésions cérébrales. Les effets peuvent durer tout le temps du traitement, ou un an, ou empirer au cours des années qui suivront le traitement, durer dix ans ou plus[3].

Les malades sont assis dans des salles d'attente et s'ils s'étendent, ça n'est que temporairement, et s'ils sont trop faibles pour s'asseoir, ils s'assoient malgré tout, la tête retombant sur la poitrine. Quel que soit le degré d'avancée de la maladie, ce n'est pas au pavillon des cancéreux que les patients traités passent la majeure partie de leur temps : ils sont malades au travail et malades à la maison, malades à l'école, malades au supermarché, malades au service des immatriculations, malades dans leur voiture ou dans les bus. Certains arrivent en fauteuil, poussés par leurs enfants, la personne qui partage leur vie, des bénévoles ou des amis, puis toujours en fauteuil, ils ressortent jusqu'à des voitures qui les ramènent à un appartement ou une maison, et tout ceci, de même que le traitement contre le cancer, a un coût.

Le mot « clinique » dérive du grec *clinicus* dont la signification est « qui se rattache au lit » ou « est couché ». Le mot « pavillon », lui, est censé désigner une tout autre structure qui fait penser à des joutes ou des champs de bataille. Un pavillon est un lieu de généraux et de rois, une architecture presque toujours temporaire et luxueuse érigée pour les puissants, adjacent à quelque chose d'autre – dans le cas du cancer, adjacent à tout ce qui reste et qu'on appelle *vie*.

Le philosophe Michel Foucault a écrit un livre célèbre sur l'organisation spatiale de la maladie appelé *Naissance de la clinique*, mais je ne trouve pas de livre intitulé *Naissance du pavillon.* Il semble impossible qu'un pavillon des cancéreux puisse avoir une mère. Dans le grand espace animé où je reçois mon traitement contre le cancer, je n'ai jamais vu de lit.

L'activité à l'intérieur du pavillon est éphémère, abstraite, impermanente, disloquée. On fait en sorte que les malades et leur compagne ou compagnon, leurs enfants, leurs parents, leurs amis et les bénévoles qui prennent soin d'eux circulent sans cesse, d'un étage à l'autre, d'un fauteuil à l'autre. Les médecins occupent les bureaux à tour de rôle si bien que pour savoir où est le vôtre chaque jour, il faut appeler avant de venir.

Le traitement du cancer paraît organisé pour le profit maximum de quelqu'un – pas le patient –, ce qui signifie qu'on fait au maximum circuler les cancéreux pour un tarif maximum. « On comprend dans ces conditions, a écrit Foucault, que la clinique n'ait eu qu'une seule direction : celle qui va, de haut en bas, du savoir constitué à l'ignorance[4] ». Le pavillon, lui, est un fouillis de directions. L'argent et la mystification sont ses points cardinaux, pas le savoir et l'ignorance.

Des scientifiques ont découvert la molécule surnommée *le diable rouge* près du Castel del Monte, construit en Italie par le Saint-Empire romain germanique de Frédéric II dans les années 1240. Le château n'ayant ni douves ni pont-levis, peu de gens pensent qu'il a servi de forteresse. Sa construction n'ayant jamais été achevée, d'autres pensent qu'il servait uniquement de logement temporaire. Le château a été édifié dans une forme octogonale singulière, et plus tard, il a été utilisé comme prison, puis comme refuge durant la peste. Puis les Bourbons lui ont pris tout son marbre. Puis des scientifiques ont prélevé de la terre. Après avoir rapporté la terre du château à Milan, ils ont découvert le *Streptomyces peucetius*, la bactérie d'un rouge éclatant à l'origine de mon traitement. L'adriamycine est une anthracycline, ce qui veut dire qu'elle inhibe l'enzyme appelée topoisomerase II. En l'inhibant, le médicament empêche la prolifération rapide des cellules – dont beaucoup de cellules dont nous avons besoin, mais dans l'idéal, celles aussi dont nous n'avons pas besoin[5].

On m'a administré l'adriamycine avec du cyclophosphamide, un médicament dont l'utilisation a été approuvée en 1959, une combinaison de traitement courante appelée chimiothérapie dense AC. Le cyclophosphamide est une version médicalisée d'une arme chimique développée par Bayer et appelée LOST. Aussi connu sous le nom de gaz moutarde, il a toujours créé les pires dommages comme incapacitant plutôt que comme tueur, mais il peut aussi tuer quelqu'un. Durant la Première Guerre mondiale, LOST a répandu ses panaches jaune vif[6] dans les tranchées. Durant le cancer, il se présente sous forme de poche en plastique, et personne dans le pavillon n'explique clairement ce que c'est. Interdit en tant qu'arme à partir de 1925, c'est une forme d'oblitération lente qui ne continue d'exister que dans la chimiothérapie et, après ça, dans ses séquelles : infection, infertilité, cancer, déficience cognitive. Pendant la chimiothérapie comme à la guerre, quand vous êtes exposée au cyclophosphamide, il est conseillé d'avoir quelqu'un pour vous tenir la main.

Même si quatre cycles de chimiothérapie dense avec des molécules à l'ancienne ont éliminé efficacement pas mal de morceaux de moi et en ont laissé d'autres à moitié morts, aucun de ces médicaments n'a semblé réduire ma tumeur de manière significative. Quand nous en avons eu fini avec toute cette destruction de cellules, ma propre semi-destruction était frappante, mais ma tumeur restait intacte. Elle restait pareille à l'ombre contenue dans le rayonnement de l'écran.

Un patient est un objet contenant un système à l'intérieur d'une série de systèmes étroitement liés, pleins d'autres objets contenant des systèmes. En tant qu'objet, un patient peut fonctionner (obtempérer) ou se casser (cesser d'obtempérer). « Cesser d'obtempérer » peut signifier « montrer ne serait-ce qu'un semblant d'agentivité » – poser trop de questions, peut-être, présenter des études contradictoires, refuser une procédure, arriver invariablement dans la salle d'attente avec au moins un quart d'heure de retard.

Si je meurs de ce cancer, dis-je à mes amis, découpez mon cadavre en morceaux et envoyez ma cuisse droite à Cargill, ma main gauche à Apple, mes chevilles à Proctor and Gamble, mon avant-bras à Google[7].

Un patient atteint de cancer pourrait peut-être croire que cesser d'obtempérer à un traitement est une révolte contre la façon dont le système médical le réifie, mais il a sans doute tort. Le refus d'obtempérer d'un patient n'est pas, pour ce système, une preuve qu'une personne existe comme être autonome, doué de pensée et capable d'opposer un refus réfléchi, mais une interférence avec d'autres systèmes – de celles qui contaminent, comme la « désinformation » ou la « superstition ».

Le système médical est, pour les malades, une scène d'action visible, mais par-delà, derrière et sous tout ça, il y a l'ensemble des autres systèmes, *famille race travail culture genre argent éducation*, et au-delà de ceux-ci se trouve un système qui semble inclure tous les autres, et ce système est si absolu et écrasant que nous le confondons souvent avec le monde.

Devenir une patiente cancéreuse c'est devenir un objet contenant un système à l'intérieur d'un autre système qui ne permet de reconnaître que partiellement le reste des systèmes dans lesquels la personne est un nodule et qui cache presque entièrement le système le plus lourd, celui de l'agencement du monde tel qu'il est, et qui se tient lui aussi dans l'objet qui contient un système (j'entends par là « moi ») qui, dès le départ, constitue une partie du problème, nécessitant notre mauvaise santé latente tout en profitant de notre mauvaise santé active.

Ce système que nous confondons avec tout réside dans un objet contenant un système, comme une tumeur à l'intérieur d'un objet contenant un système, comme un patient atteint d'un cancer est un objet contenant un système dans une clinique, tout ceci contenant aussi les systèmes de l'histoire.

Puis il y a des traces de cet ambitieux système facile-à-confondre-avec-tout, un système que nous confondons avec quelque chose d'éternel, d'immuable, d'incurable et d'injuste, aussi, qui réside hors de cette patiente, à la fois proche pour qu'elle voie comment il la blesse et lointain, si bien qu'elle doit plisser les yeux pour discerner ses formes reconnaissables.

Puis les gens partent, les amis disparaissent, les amants s'enfuient en vous enlevant toute possibilité d'avoir à nouveau de l'affection pour eux, les collègues vous évitent, vos rivaux ne sont d'un coup plus impressionnés, ceux qui vous suivent sur Twitter arrêtent de le faire. Pour les gens qui sont partis, il se peut que vous soyez le summum de l'objet (la personne vous prend pour une chose qu'on jette comme un déchet) ou bien plus humaine que jamais dans la situation de cette maladie (car au moment d'être jetée, on se sent tellement abandonnée). Ou bien encore, puisque vous avez appris que tout est possible pendant cette maladie catastrophique, vous pourriez être à la fois le summum de l'humanité et de l'objet.

Ceux qui vous ont abandonnée, qui – maintenant que vous êtes malade – ont cessé de vous parler, de passer vous voir ou qui même avouent sans détour qu'ils n'arrivent pas à gérer, disent que votre maladie est, pour reprendre leurs mots, « trop dure » pour eux, et ils jouent un rôle dans la création de votre existence, au moins partiellement, en tant que personnes qui resteront toujours, au moins en partie, en bonne santé. Pour eux, vous êtes fixe et permanente. Les gens qui sont partis ne vous verront pas souffrir ou être diminuée, de sorte que par leurs actions, vous restez à jamais celle que vous étiez au moment du diagnostic. Vous restez vibrante et inchangée dans leurs souvenirs : votre chevelure est épaisse, votre esprit vif, vos cils sont longs et s'abaissent vers vos joues rouges. Les abandonneurs sont les gens qui n'auront jamais à vous voir comme autre chose que vous.

Pour vous qui n'avez pas encore pris conscience de votre façon de vivre en tant qu'objet, l'abandon vous donne l'impression d'être moins humaine et totalement animale. Vous avez le sentiment d'être le genre d'animal mélancolique qui regarde le moindre objet et préférerait être à sa place plutôt que lui-même, aimerait être un chandelier, peut-être, ou une fourchette plaquée argent ou une machette accrochée au mur, aimerait être n'importe quoi (un banc, le talon cassé d'une chaussure, une mue de sauterelle, une lampe torche sans piles, un livre sur les bateaux, un parquet fissuré, une feuille de chêne, un scalpel, une particule, un grenier, une grande surface) plutôt qu'un animal malade et abandonné, voudrait être n'importe quoi au monde plutôt que ce qui a été aimé un jour et est délaissé aujourd'hui.

La semaine qui précède la chimiothérapie ressemble à la préparation pour une tempête hivernale, ou pour une tempête hivernale ainsi que la réception d'un invité, ou pour une tempête hivernale, la réception d'un invité ainsi que la naissance d'un enfant ; c'est peut-être aussi comme se préparer pour toutes ces choses en plus des vacances, un virus ainsi qu'un épisode bref mais intense de dépression, tout en souffrant des effets de la tempête, de l'invité, de la naissance, des vacances, du virus et de la dépression précédents.

La veille de la chimiothérapie, une amie arrive d'un lieu où j'aimerais mieux me trouver – la Californie ou le Vermont, ou deux villes différentes appelées Athènes ou New York ou Chicago. C'est exactement ce que c'est : comme si une amie était venue de loin. Ce jour-là, je fais tout pour avoir l'air en bonne santé et que mon amie admire l'habileté de mon camouflage, ses accessoires achetés sur Perruques.com, à la pharmacie et chez

Sephora. La veille de la chimiothérapie, nous ne parlons pas de la chimiothérapie au-delà du nécessaire, l'échange pratique d'informations, à quelle heure mettre le réveil et le chemin le plus simple jusqu'au pavillon. Nous passons le temps comme le feraient des amies, nous rôtissons des légumes, écoutons de la musique et parlons avec animation d'autres amis, d'idées ou d'événements politiques.

Le jour de la chimiothérapie, nous nous levons tôt et arrivons avec au moins quinze minutes de retard. Dans la voiture, nous prédisons la qualité de ma réaction au traitement en fonction de la chanson qui passe à la radio : « Bohemian Rhapsody » (pas si bonne), « Waterfalls » de TLC (meilleure). La chimiothérapie, comme la plupart des traitements, est ennuyeuse. Comme la mort, c'est beaucoup d'attente jusqu'à l'appel de votre nom. C'est aussi attendre pendant que l'éventualité de la panique et de la douleur, qui traîne dans les parages, attend elle aussi l'appel de son nom. En cela, c'est comme la guerre. L'esthétique de la chimiothérapie ne semble avoir été décidée par personne. Elle est comme tout ce qui est idéologique. Plus tard, nous commençons à comprendre les costumes, les machines, les sons, les rituels et les architectures.

Une infirmière en combinaison de protection insère une grosse aiguille dans mon cathéter sous-cutané en plastique. D'abord on me prélève, puis on m'injecte, on élimine, puis on m'administre en goutte-à-goutte.

Pour chacun de ces liquides qui gouttent en moi, je dois donner mon nom et ma date de naissance.

Parmi les nombreux médicaments de mes perfusions, certains ont des effets précis et bien connus : Benadryl, stéroïdes, Témesta. Je devrais savoir ce qu'ils font, mais dans ce contexte, ils ne se ressemblent plus. À la place, ils se combinent avec les molécules de la chimiothérapie pour créer une nouvelle sensation, chaque type de chimiothérapie se mélangeant avec ses additifs en une seule bouillie d'absence de clarté hybride.

Autrefois j'étais quelqu'un de ponctuel, à présent je suis toujours en retard. Autrefois j'étais quelqu'un qui réagissait violemment à une tasse de café, à présent je suis quelqu'un qui est à demi non réactive aux substances en moi. Pendant ma perfusion, j'explique à mon amie : « J'ai droit à toutes les drogues, sans exception. » L'infirmière en oncologie confirme : « C'est vrai. Elle a droit à toutes les drogues. »

J'essaye d'être la personne la mieux habillée de la salle de perfusion, je m'enveloppe dans du luxe dégoté en magasin solidaire et y attache une grande broche dorée en forme de fer à cheval. Les infirmières admirent toujours mes tenues. J'en ai besoin. Puis elles m'injectent des complexes de platine, entre autres choses, et je suis quelqu'un paré d'un luxe de magasin solidaire avec du platine qui lui coule dans les veines.

Quand la perfusion est terminée, je me redresse sur mon fauteuil jusqu'à ce que je retombe. Je n'abandonne pas jusqu'à ce que j'abandonne, j'essaye de gagner à tous les jeux de plateau, de me rappeler tous les livres que nous avons lus, de sortir si je peux, de flirter, d'échanger des ragots et de refaire le monde jusqu'au bout de la nuit. Il m'arrivera de dire à ceux qui m'accompagnent : « Il se passe des choses affreuses à l'intérieur de moi. » Finalement, quarante, quarante-huit ou soixante heures plus tard, je ne peux plus bouger, il n'existe rien contre cette douleur, mais j'essaye d'obéir à la médecine et d'être polie avec mes amis, alors je prends quelque chose contre la douleur.

Puis il y a le lent goutte-à-goutte des circonstances et des séquelles – un nouveau problème ou plusieurs par jour pendant une semaine ou deux. Je recommence à sentir une étincelle d'ambition : d'abord inconnue puis qui me ressemble de plus en plus – ou qui est moi, mais handicapée, mais jamais handicapée comme prévu, seulement comme si un nuage de handicap flottait autour de mon corps, atterrissait dans un système, ici ou ailleurs, puis en trouvait un autre, très vite, une fois le premier compensé.

J'ai toujours voulu tout faire, tout savoir, être partout et à cause de ça, je me sens exclue, captive, je m'ennuie. Mais surtout je me sens asynchrone – à la fois pressée et loin derrière. Le temps, en dehors de la douleur, du travail, de la famille, de la mortalité, de la médecine, de l'information, de l'esthétique, de l'histoire, de la vérité, de l'amour, de la littérature et de l'argent, c'est l'autre gros problème du cancer.

Dans la plus forte expression de son traitement, le cancer du sein frappe sans discrimination ou presque : il frappe les cheveux, frappe les cils, frappe les sourcils, frappe la peau, frappe la pensée, frappe le langage, frappe les sensations, frappe la vigueur, frappe l'appétit, frappe l'éros, frappe la maternité, frappe la productivité, frappe le système immunitaire, annule la fertilité, annule les seins.

Deviens ton propre manager, dit le patron que nous avons tous en nous. *Travaille plus dur, reste positive, dessine-toi les sourcils, couvre-toi la tête avec une perruque ou un foulard coloré, insère du silicone en forme de goutte ou de demi-sphère sous ta peau scarifiée et fais-toi greffer des tétons prothétiques ou fais-les-toi tatouer en trompe-l'œil dans un rose pubescent, fais-toi prélever la graisse du dos ou du ventre pour reconstruire ta poitrine, fais de l'exercice quand tu es fatiguée, mange quand la nourriture te dégoûte, fais du yoga, ne parle pas de mort, prends un Témesta, comporte-toi normalement, pense à l'avenir, coopère avec les médecins, assiste à un atelier « Look good feel better » et récupère ton coffret maquillage de luxe gratuit*[8]*, participe à une course de 5 kilomètres, suis le conseil du livre et demande à ton mari s'il faut que tu portes-ou-non-une-perruque-durant-le-sexe ; « un membre de la famille à la fois », dit le panneau à l'entrée de la salle de chimiothérapie, le ruban rose sur le panneau « à vendre » devant la vaste demeure.*

Les clichés, dans leur généreuse généralisation, aident à mieux supporter les humiliations douloureuses. Les flous contradictoires sont utiles eux aussi, comme si on pouvait se désensibiliser de ce qui nous arrive en restant blottie dans l'épaisseur de la confusion.

Les malades du cancer du sein sont censées être nous comme nous étions avant, mais en mieux et en plus fortes tout en allant affreusement plus mal. Nous sommes censées garder notre malheur pour nous tout en donnant du courage aux autres. Nous sommes censées, ainsi qu'on le voit sur YouTube, danser sur le chemin de notre mastectomie ou comme dans *Sex and the City*, nous lever avec Samantha durant le gala de bienfaisance et retirer notre perruque sous les applaudissements de la foule. Nous sommes censées, comme Dana dans *The L Word*, en finir avec l'autoapitoiement sinistre et déambuler dans les rues avec style, notre foulard sur la tête. Si, comme Dana, nous mourons plus tard, nous sommes censées savoir que nos amis participeront à un événement sportif pour récolter de l'argent et qu'ils prendront une minute pour se rappeler que nous avons existé un jour, avant de passer à l'épisode suivant.

Nous sommes censées être lisibles en tant que patientes et illisibles en tant que nous-mêmes, tout en allant travailler, prenant soin des autres comme de nous-mêmes avec la charge supplémentaire du faux héroïsme de la lisibilité qui est une maladie en soi : chaque patiente est une survivante vedette, qui sourit avant la chirurgie et sourit aussi après, chauve, radieuse, drôle et exposée aux regards de manière productive. Nous sommes censées, ainsi que les titres des manuels le préconisent, être des femmes, des jeunes filles, des dames ou je ne sais quoi encore – *fougueuses, sexy, réfléchies, sarcastiques*. Et comme le suggèrent les T-shirts vendus sur Amazon, nous sommes toujours censées être capables de dire au cancer « Tu me cherches, tu me trouves ».

Dans mon cas, le cancer que je ne cherchais pas m'a bel et bien trouvée.

Je sais que le but d'un examen pensé pour que tout le monde le rate est que personne ne le réussisse. Ainsi, on a toutes l'impression d'être des ratées, mais chacune croit avoir raté seule.

Certaines d'entre nous préfèrent jouer les bruits de fond en portant une perruque et en refusant le récit plus grossier de la lisibilité.

J'aime les perruques. Je porte des perruques. Les gens que j'aime portent des perruques. Dolly Parton porte des perruques. Beyoncé porte des perruques. Les philosophes des lumières portaient des perruques. Les *drag queens*, les princesses égyptiennes et les grands-mères portent des perruques. Méduse portait une perruque de serpents.

Si vous n'aviez pas consenti au traitement, le sentiment de malaise se serait sans doute manifesté plus tard. Mais vous l'avez fait, de sorte que le sentiment de malaise est déjà là. Ce jeudi matin, le seul univers indéniable est stérile, hypothétique et sent le désinfectant. Un moineau fonce dans une vitre du pavillon, puis recommence. Toute la décoration semble avoir été pensée pour protester contre l'intéressant. La poétesse Juliana Spahr est venue me rendre visite de Californie, et dans le hall d'accueil, nous remplissons nos cartes de prière que nous glissons dans la fente d'une boîte à chaussures emballée dans du papier cadeau : *S'il vous plaît*, écrivons-nous, *priez pour la poésie américaine.*

Après la chimiothérapie du jeudi, je reviens à la clinique le vendredi pour le bilan sanguin et le Neulasta – une protéine synthétique faite pour stimuler la production de globules blancs et repousser l'infection. L'année de mon traitement, chaque injection de Neulasta coûte sept mille dollars et quand on me l'administre, je porte mon uniforme de résistance esthétique : collants bleu Chagall, perruque blonde, manteau vintage couleur kaki (le fruit), et – à cause de mon système immunitaire déficient – un simple masque chirurgical.

Comment rester en sécurité dans le danger couleur pastel du cancer ? Vous ne pouvez pas vous replier sur vous pour vous protéger de ce qui est à l'intérieur de vous, ni trouver un abri hors de vous. Vous ne pouvez pas affronter ce qui est en vous comme vous le feriez avec un agresseur ou une bête sauvage. Si vous faites ça, *la blague se retourne contre vous,* vous vous battez avec vous-même comme la fois où des grands vous ont pris le bras et vous ont frappée au visage avec votre propre poing, vous obligeant à vous donner des coups, et ont répété « mais arrête de te taper » jusqu'à ce que vous fondiez en larmes. Quand vous avez un cancer, vous devez comprendre que ce qui grandit à l'intérieur de vous est à la fois vous et pas vous, mais aussi vous et une chose qui, si tout va bien, vous sera bientôt retirée. Parvenir à vous aimer dans ces conditions semble exiger que vous aimiez le cancer qui est en vous tout en le détestant, parce qu'il est aussi une menace pour vous.

« Merde au cancer[9] » n'est pas un bon slogan, ne serait-ce que dans le sens où le cancer est votre propre corps qui pousse à l'intérieur de vous, mais aussi parce que « le cancer » est une imprécision historiquement spécifique, socialement construite et non un monolithe empirique. Depuis que j'écris sur le cancer, j'écris sur quelque chose dont les scientifiques s'accordent à dire que ça n'existe pas vraiment, du moins pas en tant qu'objet homogène. *Merde à la carcinogénosphère dévastatrice du patriarcat suprémaciste blanc et capitaliste* serait beaucoup plus juste, mais ce slogan tient difficilement sur une casquette. Le monde va forcément changer, c'est le principe, mais la maladie à l'intérieur de vous pourrait durer à jamais, s'affirmer pendant que vous vous effacez. Pourtant, si vous commencez à accepter votre maladie ou même à l'aimer, vous craignez de vouloir la garder près de vous. Quand vous vous sentez mal, vous vous dites que vous ne la regretterez jamais, mais c'est faux, puisqu'elle vous donne des consignes d'existence très claires, s'accompagne de visions ultra nettes d'une vie sans avenir, elle offre cette lucidité pure d'une vie vécue sur le fil du rasoir.

Dans le pavillon de cancérologie, la désobéissance est dangereuse, mais l'obéissance aussi. Une patiente doit acquérir une discipline en suivant les instructions pour ne pas enrayer l'ensemble du processus, mais les médecins peuvent être fatigués, imprécis, incorrigibles ou même avoir des préjugés. Dans l'ensemble, les infirmières sont des génies, mais il paraît dangereux d'obéir aux médecins dont certains ne semblent pas savoir ce qu'ils font. Ils s'attachent à vous et pensent qu'ils savent ce qu'il y a de mieux à faire, ou affichent parfois un comportement mesquin et revanchard quand vous leur posez une question épineuse. Si vous avez eu un passé d'adolescente rebelle, il devient trop facile de les confondre avec votre papa.

Je commence à me dire que je dois changer d'oncologue – celui surnommé Dr Bébé – car même s'il suit les critères standards du soin, le traitement qu'il me donne ne semble pas fonctionner. Je lui présente des études, je lui présente des amis, je lui présente des arguments, je perds le sommeil. C'est un bon médecin. Il passe des coups de fil, il met en doute les études, il oppose ses meilleurs arguments, il essaye de persuader mes amis. J'ai l'impression de me battre pour ma vie en affrontant un putto – un chérubin décoratif de la Renaissance. Mes amis ne savent pas qui croire sur la question du traitement : moi, la *dérangée** abîmée par la chimio qui passe ses nuits sur le site PubMed dans un brouillard médicamenteux, ou le Dr Bébé, un homme chauve d'âge moyen qui porte des sabots parce que, nous dit-il, nouer ses lacets lui demande trop d'énergie. Le Dr Bébé et moi sommes en conflit au sujet du traitement, mais il explique par ailleurs qu'il possède une paire de mocassins sauf que cela lui demande trop d'effort de les extirper du haut de son placard. L'amie qui m'a accompagnée à cet examen-là a dit que l'avis du Dr Bébé sur les chaussures était une preuve irréfutable que la vie est une loterie.

J'apprécie le Dr Bébé, bien sûr, et je suis sûre que je compte pour le Dr Bébé, mais pas assez pour qu'il déploie le courage dont j'ai besoin. Le Dr Bébé prend les décisions qu'il croit être les meilleures pour moi, explique qu'un traitement plus agressif comprend trop de risques pour une patiente jeune à cause des séquelles débilitantes. Je lui réponds que de ne pas proposer le traitement le plus agressif est un trop grand risque à

---

* En français dans le texte.

prendre pour une patiente jeune parce que les taux de survie avec le traitement standard ne sont pas acceptables. Je ne veux pas mourir, lui dis-je. J'ai encore beaucoup à faire. Et c'est précisément parce que j'ai encore besoin de temps, argumenté-je, que je ferai tout pour rester en vie.

Mon amie Cara me soutient. Elle plisse les yeux et lui demande : « Qu'est-ce qui peut arriver de pire ? »

Après avoir listé les effets secondaires à long terme, Le Dr Bébé dit à Cara : « Elle pourrait mourir. » Puis il ajoute sur un ton si affolé qu'on le croit : « J'ai vu des gens mourir de la chimiothérapie. » Les oncologues eux aussi ont peur de l'oncologie.

Je consulte une autre oncologue pour avoir un deuxième avis. Mon type de cancer est sa spécialité. On m'a fait comprendre que le régime qu'elle prescrit à ses patientes dans le cadre de ses recherches est d'une agressivité rare et soulève la controverse. Cela m'est égal parce que je veux vivre. Le Dr Bébé semble vexé en apprenant que j'ai pris un rendez-vous avec elle, et après ça, il passe de la personne qui m'appelle simplement pour me demander comment je vais à la personne qui refuse de m'adresser la parole alors que nous sommes dans la même pièce. En entendant les caractéristiques de mon sous-type de triple négatif, l'oncologue me dit que j'ai raison, que j'ai bien lu les études, que le traitement que je demande devrait effectivement marcher sur moi d'après elle. Je deviens sa patiente.

Elle a raison et j'ai raison, mais le Dr Bébé aussi. Le nouveau traitement est handicapant, pas juste sur le moment, mais durant des années après. Cela paraît trop, même selon les critères extrêmes de la chimiothérapie. Cette nouvelle oncologue se souvient à peine de mon nom, n'a rien du charme désordonné ni de l'intensité des sentiments du Dr Bébé. Mais quelques jours après la première perfusion de la nouvelle combinaison médicamenteuse adaptée dont j'avais été sûre qu'elle serait adaptée à mon cas, la tumeur dans mon sein qui, depuis le début de la chimio me valait une douleur tenace, terrifiante et impossible à réduire, cesse enfin de me faire mal.

Quelqu'un a dit un jour que choisir la chimiothérapie c'est comme choisir de sauter du haut d'un immeuble quand quelqu'un vous braque une arme sur la tempe. Vous sautez par peur de mourir, ou au moins, par peur de cette version laide et douloureuse de la mort qu'est le cancer, ou bien vous sautez par désir de vivre, même si vous en souffrirez pour le restant de vos jours.

Évidemment, il y a bien un choix et vous le faites, mais vous n'avez jamais vraiment l'impression que c'est le vôtre. Vous cédez par peur de décevoir les autres, par peur qu'on pense que vous méritez votre souffrance, dans l'espoir de vous sentir un jour en bonne santé, par peur qu'on vous reproche votre propre mort, dans l'espoir de pouvoir tourner la page, par peur d'être désignée comme la personne qui n'arrive pas à se soumettre joyeusement à toutes les formes d'autopréservation par voie d'autodestruction inscrites dans les guides traditionnels. Vous obéissez par obéissance rituelle, comme quand le professeur tend les feuilles d'examen, que l'huissier lance « Mesdames et Messieurs, la cour ! », que le ministre du culte entame une prière ou que le policier ordonne : « Circulez. » Vous obéissez dans l'espoir qu'obéir tout de suite vous permettra de désobéir pendant des années après. Vous obéissez parce que la seule autre option serait de boire du jus de carotte en refusant d'admettre vos vulnérabilités mortelles et en punaisant dans toute la pièce des petits mots déchirants sur la rémission spontanée.

Vous devez avoir un désir de vivre, mais il faut aussi croire que vous êtes une personne qui vaut la peine d'être maintenue en vie. Le cancer nécessite des médicaments douloureux, chers, mauvais pour l'environnement et issus de l'industrie extractive. Mon désir de survivre signifie que je n'ai pas la force de réfléchir à l'éthique de la survie. L'une des molécules de ma chimiothérapie, le cyclophosphamide, passe dans l'urine en n'étant que partiellement diluée, n'est que partiellement filtrée par les méthodes de traitement des eaux, et a une durée de vie de quatre cents à huit cents jours dans le système de distribution de l'eau[10]. Une autre, le carboplatine, s'accumule dans les environnements aquatiques selon le « destin environnemental » décrit par la notice du fabriquant, mais personne ne sait encore quels dégâts elle peut causer. Le *taxus contorta,* une essence de la famille des ifs de l'Himalaya qui produit l'un des médicaments de ma chimiothérapie, est menacé de disparition depuis 2011[11]. Les dépenses pour le cancer s'élevaient à

130 milliards de dollars en 2017, dépassant le PIB de plus de cent pays[12]. Le coût d'une perfusion de chimiothérapie représente plus d'argent que n'importe lequel de mes revenus annuels.

Mon problème est que je voulais vivre pour une valeur de plusieurs millions de dollars, mais hier comme aujourd'hui, je suis incapable de dire en quoi mon existence méritait cette dépense excessive, ni pourquoi je consentais à ce que le marché utilise mes problèmes lucratifs pour montrer sa générosité. Combien de livres me faudrait-il écrire pour rembourser le monde qui me permettait de continuer à exister ?

Et après le traitement, alors que mon corps était dévasté, alors que mon corps était comme une voiture dont des pièces n'arrêtaient pas de se détacher, alors que j'étais incapable de remplir ce que la loi américaine sur le handicap appelle « les fonctions de base du quotidien », je me suis demandé comment il se faisait qu'avec tous les dollars qui m'avaient traversé le corps, je sois encore dans un état si pitoyable. Si je calculais le coût de chaque inspiration après ce cancer, j'étais censée expirer des stock-options. Ma vie était un produit de luxe, mais j'étais corrodée, j'étais mutilée, j'étais incertaine. Je n'allais pas bien.

Le lit de la malade

Misérable et (bien commun à tous) inhumaine posture, où je dois m'exercer à gésir dans la tombe en restant allongé, et ne peux m'exercer à ressusciter en ne me levant plus.

John DONNE,
Méditations en temps de crise, 1623.

1.

Parfois l'idée de mourir jeune excède le charme punk d'une personne qui ne supporte pas de vieillir. À l'adolescence, on pensait mourir à vingt-huit ans, et si ça ne marchait pas, alors à quarante. Puis la quarantaine arrive et on remarque surtout qu'on a perdu tout désir d'une mort précoce, *vivre-vite-mourir-jeune*, le refrain de ceux qui ne comprenaient pas qu'on pouvait s'amuser à vivre vite et ralentir plus tard, si nécessaire, qu'on pouvait mourir vieux en étant intéressants et tous ensemble.

Mais avant même de pouvoir refuser l'invitation, ce que vous ne désiriez finalement pas tant que ça se présente, vous offre l'honneur conservateur de mourir baisable, cet état bien connu que les gens croient aimer. Vous pourriez, comme le type d'un groupe de musique vous l'a conseillé un jour, *toujours créer le manque.* Vous pourriez mourir avant la plupart des gens qui vous sont chers, vous épargner le deuil, le réchauffement climatique et l'effondrement de la sécurité sociale.

Dans ce cas, la biographie devient la logique impossible à reconnaître d'une forme d'être qui ne peut pas exister. C'est l'iconographie et non la biographie qui offrirait à un « Je vous salue Marie » l'éclat de ce que cela signifie d'avoir vécu, et l'invitée tout juste arrivée, l'éventuelle-mort-précoce, se pencherait pour vous murmurer à l'oreille une flatterie au sujet de l'hagiographie, puis quelques mots pour dire que tirer dès à présent votre révérence vous maintiendrait en l'état pour des siècles et des siècles et vous rendrait irréprochable. Vous pourriez mourir, si ce n'est en sainte, au moins sans le fardeau de fautes morales supplémentaires.

Mais les femmes mortes ne peuvent pas écrire. Et comme l'a dit John Donne dans son poème « La fleur sur l'arbre » en parlant d'autre chose : « Qu'un cœur pensant et nu qui, trop discret, se cache,/ Pour une femme » – là c'est de moi que je parle – « n'est qu'une sorte d'Esprit[1]. »

Après la chute de mes cheveux, après la perte du goût, après m'être évanouie alors que j'achetais un couteau à pain chez IKEA, après avoir vu défiler l'ensemble de mes ex dans une ultime tentative pour coucher avec moi, après les généreuses humiliations des cagnottes qui m'ont assuré des mois de produits bio, je suis devenue une patiente. C'en est fini des vieilles habitudes. L'horizon est entièrement médical. Tous les marqueurs particuliers d'identité au-delà de « personne malade » et « personne en bonne santé » deviennent caducs. Tout passe par le cancer.

Désormais, le moindre film que je regarde est un film sur une caste de gens qui ne semblent pas avoir de cancer, ou du moins est-ce l'intrigue telle qu'elle m'apparaît. Tout groupe qui n'est pas à la clinique me donne l'impression d'être organisé par l'aliénation, tout le monde partout a l'air robuste, doté de cils, avec une envie de dîner et des projets concrets pour la retraite.

Je suis marquée par le cancer et n'arrive pas bien à me rappeler quels sont les marqueurs qui marquent ceux que nous sommes quand nous ne sommes pas marqués par autre chose.

Je sais pourtant que j'ai existé avant d'être malade. J'écrivais dans un journal intime, j'ai donc une preuve. Le premier jour de 2014, l'année où je tombe malade, j'ai quarante ans, je gagne ma vie en enseignant dans une école d'art, j'ai une fille en quatrième. Nous vivons dans un appartement qui a deux chambres dans la banlieue de Kansas City et pour lequel je paye 850 dollars de loyer par mois. D'après ce journal dans lequel j'inscris consciencieusement les détails banals du quotidien, je porte un pull en cachemire trop grand, rongé par les mites, que j'ai acheté à l'Armée du Salut, et puis je semble souffrir d'un léger rhume. J'écris que commencer l'année avec un virus me rend optimiste. C'est comme si j'achevais l'année par de la fièvre et entamais la suivante régénérée parce qu'une maladie qui ne vous tue pas provoque un embrasement et qu'ensuite, vous pouvez repartir de zéro, tout simplement. Le lendemain, on est censé me livrer un lit à baldaquin ancien de style Queen Anne que j'ai acheté pour 280 dollars dans un dépôt-vente. Vingt-six semaines après son acquisition, la semaine suivant mon quarante et unième anniversaire, il devient mon lit de malade – le meuble le plus tragique que je posséderai jamais.

Il n'y a pas de meuble plus tragique qu'un lit, cette façon qu'il a d'être déclassé d'un coup, de lieu où l'on fait l'amour à celui où l'on pourrait mourir. Tragique aussi, de sombrer aussi rapidement du lieu où l'on dormait à celui où l'on se croit folle. Le lit où tout un chacun fait l'amour est aussi – de manière beaucoup trop évidente pour quiconque doit le garder à cause de la maladie – la tombe dont on pourrait ne jamais se relever, ainsi qu'il a été décrit par John Donne.

Dans la vie verticale, quand vous allez bien ou relativement bien et que vous pouvez vous mouvoir en faisant semblant de l'être, le sommet de votre crâne est l'espace que touchent les cieux. La surface totale de cette zone au sommet de votre corps est plutôt réduite. Vous n'êtes donc que modérément dans les nuages, et vos yeux, plutôt que de se lever, regardent vers l'extérieur, vers le monde animé, et c'est surtout à ce dernier que vous réagissez. Et c'est surtout la nuit, pendant les rêves, que l'imagination s'étend temporairement et que l'air au plafond se déploie sur vous, ou en tout cas, c'était la théorie magique à laquelle je recourais à l'époque, dans mon lit, pour expliquer la relation entre posture et pensée.

Quand vous êtes malade et à l'horizontale, le ciel, ou l'air qui est au-dessus de vous et prend des allures de ciel, recouvre tout votre corps, et cette expansion de la zone où l'air circule conduit à une crise aiguë d'imagination. Toute cette horizontalité invite une projection massive de formes cognitives. Quand vous passez beaucoup de temps allongée, vous passez aussi beaucoup de temps à lever les yeux.

Une malade alitée est la pupille de l'amour si elle a de la chance, et l'orpheline de l'action même si elle n'en a pas. Toute la splendeur accumulée de la vie au lit peut être éclipsée par la gravité, et les rêves eux aussi être occlus par la douleur. Tous les plaisirs que procure un lit peuvent, dans la maladie, disparaître derrière de nouvelles architectures d'angoisse.

Dans son livre de 1844, *Life in the Sick-Room*, Harriet Martineau a écrit : « Il n'y a rien de plus impossible que de représenter en mots [...] ce que c'est que d'être allongée au bord du trépas et d'observer sans rien d'autre à faire que penser et apprendre de ce que nous voyons[2]. »

La mère de Virginia Woolf, Julia Stephen, a aussi écrit un traité sur les chambres de malade. Dans cet ouvrage de 1883, elle expliquait aux personnes en charge du soin que si le patient alité semblait pris de lubies « absurdes », il s'agissait en fait de perceptions exacerbées du réel, une conséquence de l'esprit « délicatement organisé » des grands malades « dont les sens ont été largement aiguisés par la souffrance[3] ».

On trouve dans les *Méditations en temps de crise* de John Donne une représentation virtuose de ce genre d'exacerbation, un mode d'emploi écrit depuis ce promontoire qu'est la souffrance absolue. La maladie peut porter la pensée vers ce cosmos gigantesque de nos sens qui nous échappait jusque-là. Donne a écrit :

> L'homme consiste en plus de pièces, plus de parties que le monde, que ce que le monde a, que ce que le monde est. Et si ces pièces étaient étendues et étirées dans l'homme comme elles le sont dans le monde, l'homme serait le géant et le monde le nain, le monde serait seulement la carte et l'homme le monde. Si toutes les veines dans nos corps étaient étendues en fleuves, tous les nerfs en veines de mines, tous les muscles qui s'entrecroisent en collines, tous les os en carrières de pierre et toutes les autres pièces à la proportion de celles qui leur correspondent dans le monde l'air serait trop petit pour que cette planète d'homme s'y déplace et le firmament serait à peine suffisant pour cette étoile ; car comme il n'y a rien dans le monde entier à quoi quelque chose en l'homme ne corresponde, il y a bien des pièces en l'homme dont le monde entier n'a aucune représentation[4].

La projection astrale d'une personne en bonne santé ne quitte souvent pas l'atmosphère, mais le malade en extrême souffrance, pour y échapper, peut s'arracher de la coquille de douleur qu'est le corps défaillant et se penser à une échelle au-delà de toute échelle. Quand la douleur est vaste à ce point, il devient difficile de se souvenir de l'histoire ou de la vitesse, de ce qui devrait faire du lit du malade un incubateur pour presque tous les génies et une bonne part des révolutions.

La maladie vivifie la magnitude des différentes parties du corps et des systèmes. Dans son lit, le malade se disloque et cette dislocation abrite tout un cosmos, des organes, des nerfs, des morceaux de corps et des aspects qui s'annoncent dans un éventail de détails : un canal lacrymal qui dysfonctionne – un nouvel univers ; le follicule d'un cheveu qui meurt – un système solaire ; telle terminaison nerveuse dans le quatrième orteil du pied droit – en pleine éviscération sous l'effet de la chimiothérapie – une étoile sur le point de s'effondrer.

Tout ce temps que l'on passe allongée peut également causer la pratique microscopique de l'inquiétude. Au lit, la maladie éclaire aussi la petitesse, la mesquinerie, l'égocentrisme, la gestion de son budget, l'économie domestique, l'ordre social. La mère de Virginia Woolf a compris que, pour la malade, le minuscule est source des pires agonies : « Au nombre des moindres maux qui hantent la maladie, le plus important, dans le supplice qu'il peut entraîner, et bien qu'il soit le plus petit en taille, est la miette. L'origine de la plupart de ce qui nous entoure a été décidé, mais l'origine des miettes qu'on retrouve dans un lit n'a jamais assez titillé la curiosité du monde scientifique[5]. »

Être malade ouvre un espace excessif à la pensée et la pensée excessive fait de la place aux pensées mortifères. Mais j'ai toujours eu plus soif d'expérience que de l'absence de celle-ci, alors si l'expérience de la pensée est la seule que mon corps pouvait me donner au-delà de celle de la douleur, il fallait bien accepter de m'ouvrir à des réflexions folles et morbides. *N'essayez pas de m'empêcher de penser à la mort,* ai-je prévenu mes amis dans une série de consignes envoyées par mail.

En 1621, deux ans avant ce mois de décembre où John Donne est tombé malade et a écrit son chef-d'œuvre depuis son lit, une peintre flamande anonyme a peint le sien. *Jeune femme sur son lit de mort* est une image rare dans la tradition européenne des tableaux de maladie dans le sens où il est, au même titre que la mort précoce, vraiment terrifiant. La jeune femme a la peau cireuse, le regard perdu, elle est dans une posture apeurée et crispée, ses mains sont inertes et ses doigts repliés comme des griffes. L'environnement montre un intérieur aisé – lin et velours soyeux, papier peint assorti – mais tout le confort du monde ne sera d'aucun réconfort face à cela.

À l'inverse, la mort de Cléopâtre est du plus bel effet. D'après Wikipédia, elle serait morte « le 12 août, à l'âge de trente-neuf ans, vêtue de ses plus beaux atours, le corps allongé sur un divan doré, les emblèmes de la royauté dans les mains ». En peinture, Cléopâtre est presque toujours étendue sur un lit ou une méridienne comme si elle attendait un amant. Un sein – généralement le gauche – est dénudé, inquiété par un petit aspic qu'elle a guidé voluptueusement vers son mamelon. Dans la tragédie grecque aussi, les femmes ne mouraient que là où elles dormaient, faisaient l'amour et accouchaient. Ainsi que l'a écrit la spécialiste de l'Antiquité Nicole Loraux à propos de la mort tragique des femmes : « Même quand une femme se tue comme un homme, elle meurt dans son lit, comme une femme[6]. »

Personne ne sait vraiment comment s'est tuée Cléopâtre. Ses contemporains ont supposé qu'il y avait eu un ou deux serpents cachés dans un panier de figues ou de fleurs, une épingle à cheveux empoisonnée ou bien une salve mortelle. D'après Plutarque, Octave préférait la théorie de l'aspic dont le sex-appeal s'est confirmé au fil des siècles, et a représenté la scène lors de son triomphe : « Une statue de Cléopâtre morte sur un lit a été portée de sorte qu'elle aussi [...] a fait partie du spectacle et servi de trophée[7]. »

La jeune femme anonyme dans le tableau flamand peint anonymement et dont la souffrance n'a rien de sexy n'est pas un trophée, mais représente le meilleur antidote aux charmes d'une mort précoce. Ainsi que la peintre Marlene Dumas l'a écrit au sujet de la première fois où elle a vu les Parques de Goya : « Je me suis couvert la bouche comme pour empêcher le diable d'y entrer[8]. »

J'étais seule à l'hôpital et le bouton d'appel était tombé par terre, hors de ma portée. J'étais incapable de me lever, mais je voyais que quelqu'un avait mis un autocollant représentant un prince de dessin animé Disney sur ce bouton dont j'avais besoin, et la blague disait : « Un jour mon prince viendra. »

« Promets-moi que si je tombe malade, tu m'emmèneras dans les bois et que tu m'achèveras », a dit quelqu'un au travail. Il est arrivé que des gens me disent : « Je préférerais mourir... » – l'ellipse à compléter suggère qu'ils préféreraient la mort à ce que je fais pour vivre.

L'administrateur d'une page qui fétichise le cancer du sein – une page qui collectionne les photos de starlettes à la peau claire et invente des fictions érotiques autour de leur diagnostic, leur traitement et ses conséquences – écrit ceci : « Penser qu'une femme parfaite et sublime développera une tumeur cancéreuse qui détruira son corps et sa vie, fait naître en moi tellement d'émotion et de chagrin que ça finit par me stimuler sexuellement. » Il continue : « D'abord, représentez-les-vous seules ou avec un amant, se déshabillant et montrant leur corps parfait. Maintenant, imaginez une main, la leur ou celle de l'amant, caressant un de ces seins parfaits – et découvrant une grosseur. Imaginez la peur, le choc et le désespoir que ces jeunes femmes ressentent, si jeunes, si parfaites et le sein envahit par le cancer. »

« Regarder tout ceci en face requiert le courage d'un dresseur de fauves ; une philosophie de la vie des plus solides ; un entendement qui s'enracine dans les entrailles de la terre », a écrit Virginia Woolf dans « De la maladie », un essai dans lequel elle affirme qu'il n'existe pas de grand texte sur la maladie[9]. L'affirmation qu'il n'existe pas de grand texte sur la maladie se retrouve dans presque tous les grands textes sur la maladie.

Les bons jours, je vais au musée voir un tableau de 1859 peint par Thomas Couture et intitulé *La maladie de Pierrot*. Dedans, le jeune clown malade est habillé en blanc et s'enfonce dans son lit. L'un de ses camarades clowns, Harlequin, a le visage tourné vers le mur dans une posture peinée. Une vieille femme impatiente se penche vers le clown alité. Un médecin habillé comme à l'époque des Lumières détourne le regard du patient, croise ses jambes habillées de collants, tend la main vers le clown pour lui prendre le pouls. Autrefois, le clown malade était un boute-en-train, c'est du moins ce que suggèrent les cadavres de bouteilles près de lui, mais voilà qu'il disparaît à moitié sous les draps et ni le médecin qui refuse de le regarder, ni l'ami qui ne se remet pas de sa peine, ni la vieille dame qui l'observe sans vouloir le toucher ne peuvent rien pour lui. Selon les jours, je me dis que Pierrot va mourir, ou bien je suis persuadée qu'il va se remettre sur pied, mais chaque fois que je lui rends visite, il donne l'impression de ne pas avoir quitté le lit une seule fois. C'est un des problèmes de l'art, le Pierrot malade sera toujours malade.

Seuls certains types de malades ont accès à l'art. On ne voit presque jamais de malades dans des lits humbles, sauf si ce sont les lits superbement humbles des artistes, et aucun lit sur terre n'est aussi humble que les autres endroits où on laisse les gens tomber malades et mourir. Je n'ai jamais vu de tableau de détenue atteinte d'un cancer du sein accroché au Louvre. Au Met, je n'ai pas vu le tableau d'une personne malade dans une voiture garée sur le parking d'un service des urgences en milieu rural, au Vatican, je n'ai pas vu la sculpture d'un campement de sans-abri, au musée des Offices, je n'ai pas vu d'installation représentant les suicides à la chaîne de l'usine Foxconn.

Je n'ai jamais vu non plus de malade alitée montrée du point de vue de la malade alitée. Un des problèmes de la malade alitée peinte par la malade elle-même est qu'il faudrait représenter la scène sur une toile sans bords, qu'elle soit trop petite pour être mesurée, trop grande pour être contenue. Elle existerait hors du temps, à l'intérieur de l'histoire, exempterait le présent de la linéarité, réarrangerait la matière pour faire du vide un élément, réarrangerait l'esthétique pour que le négatif soit presque tout. Ce genre de tableau serait difficile à réaliser.

2.

Faire la vaisselle ne s'apparente pas à la liberté. La liberté est tout ce que nous remarquons parce que ça ne s'apparente pas à faire la vaisselle. L'ordinaire est ordinaire parce qu'il se répète ordinairement : *le soin* a lieu sans les divertissements et les exceptions de la liberté.

Pour tout auteur écrivant sur la vaisselle en train d'être faite, la meilleure partie de l'histoire serait celle racontant tout ce qu'on loupe pendant qu'on fait la vaisselle. Ou bien quelqu'un pourrait être une moderniste de la vaisselle et écrire en flux de conscience le récit d'une tentative d'échapper à la réalité de l'évier-plein-de-vaisselle. Mais il serait facile pour n'importe lequel de ces récits de vaisselle de passer à côté de ce qui est important dans la vaisselle, à savoir que c'est un travail qui n'est ni intéressant ni remarquable, mais que tout le reste dépend de lui.

Une nécessité continuelle comme la vaisselle sale qui a besoin d'être lavée ne produit pas de récit. Elle produit des quantités : combien de plats ont été lavés. Elle produit des mesures de temps : combien de temps on a passé à les laver et quand. Les récits ont une fin. Les quantités, les heures et la vaisselle, non.

Peut-être que la vaisselle produit des catégories et des distinctions. Peut-être qu'un type de vaisselle est lavé, mais pas l'autre, qu'un type de technique est utilisé et pas un autre. Étudier la vaisselle pourrait conduire à un récit des espaces, des technologies, des outils et instruments, ou des infrastructures, des économies. Une telle recherche pourrait décrire la crise qui a lieu en son absence. La vaisselle s'est empilée, les odeurs et les cafards sont arrivés. Elle pourrait aussi conduire à un récit sur la classe, la race et le genre – qui, dans l'agencement actuel du monde, fait la vaisselle et qui ne la fait pas.

Faire la vaisselle entre dans un ensemble plus grand de relations faites de nécessité. Nous avons des corps physiques. Ceux-ci existent à l'intérieur et au milieu des corps plus grands du monde. Tous ces corps – les nôtres et tout le reste – obéissent à la loi de la décomposition, sont toujours en train ou sur le point de tomber en ruine, ne peuvent pas échapper à l'entropie ni à l'effondrement. Faire la vaisselle appartient au cours ordinaire de notre existence, et compte parmi toutes ces fois où nous tentons de barrer le chemin à la ruine.

Il y a le travail par lequel on crée le monde, ce monde qui est agréable à regarder, et il y a le travail plus discret par lequel on maintient le monde en bon état une fois qu'il est là. Créer le monde est un plaisir concret, mais la nature du reste est encore à déterminer. Il est difficile d'appréhender par les sens les efforts nécessaires et parfois invisibles que nous déployons les uns envers les autres. Il est difficile de déchiffrer, au nom de la beauté, cet espace rendu vivable par l'intervention constante du soin autour d'un monde constamment obsédé par la productivité.

En général, c'est la mère de quelqu'un qui est atteinte d'un cancer, du moins dans les livres, ou alors c'est sa sœur, sa maîtresse ou sa femme. En littérature, le cancer d'une personne semble être l'instrument des épiphanies d'une autre, et la maladie se modèle sur l'apparence d'une personne malade. Lors d'une lecture de poésie à laquelle j'assiste pendant ma maladie, une poétesse est quasiment en train de hurler et vagir des poèmes sur un cancer qu'elle n'a pas, puis il y a une autre lecture avec une autre poétesse – la mère de tout le monde –, puis un livre arrive par la poste dans lequel la mère qui meurt d'un cancer est comparée, maintenant qu'elle est pâle et émaciée, à une longue liste de célébrités pâles et émaciées. Cette littérature n'est en rien mauvaise, mais elle est en tous points impardonnable.

Il fut un temps où on appelait les lépreux les captifs de Dieu, ils étaient l'occasion donnée aux autres de se montrer charitables, et ils criaient « Impur !

Impur ! » en entrant dans une ville[10]. C'est comme si, par notre seule apparence, nous les cancéreux hurlions « Instrumentalisez-moi ! Instrumentalisez-moi ! ».

Il fut un temps où j'avais des cheveux. Je les brossais et les rassemblais en un chignon souple au sommet de mon crâne, me nettoyais le visage, faisais pénétrer sérums et lotions par tapotements sur la peau, enfilais un pyjama, me couchais dans un lit bordé, lisais jusqu'à ce que je m'endorme, me réveillais le matin et relâchais mes cheveux, allais à la salle de bains et me regardais dans la glace pour voir si j'avais changé au cours de la nuit. Je mettais de la crème solaire, du mascara, de l'eyeliner, du rouge à lèvres, des boucles d'oreilles, vérifiais que mon vernis à ongles ne s'écaillait pas, trouvais du plaisir dans les vêtements et le sexe, aimais manger. Maintenant, j'ai honte d'avoir été si peu philosophe au point de traquer la moindre ride dans une glace, j'ai honte aussi de la façon dont je convoitais mes plaisirs physiques à la manière d'un avare qui croit que son tout petit porte-monnaie contient des trésors alors qu'il n'est plein que d'une pourriture savamment calculée. J'ai honte d'avoir été un jour ce chien qui croit que son destin est de garder la modeste portion de trahison et d'éphémère qu'on confond parfois avec la beauté. Je refuse que l'on sache ça de moi.

Après l'une de mes opérations, j'ai demandé à une amie de m'aider à compter mes blessures. Elle m'a dit : « Ça ne me plaît pas » et j'ai cru qu'elle allait pleurer, comme si c'était le genre d'événement qui finirait un jour en littérature, et je l'ai suppliée. « C'est mon corps, je veux savoir ce qui lui est arrivé » et « j'étais sous sédation et personne ne m'a expliqué ce qui m'a été fait » et « je ne sais même pas combien j'ai de trous ».

Je me suis tenue devant le miroir avec mon vêtement de contention baissé au-dessous de la taille. Nous avons regardé ce qu'il était possible de voir, elle horrifiée, moi avec une insistance curieuse et rigoureuse. Nous n'arrivions pas à définir ce qui était des trous et ce qui n'en était pas, ce que signifiaient les bleus, les taches de sang, les abrasions. Les douleurs dans mon corps ne donnaient pas de consignes précises quant à l'avenir, ni de récit fiable du passé. Tout le haut du corps me faisait mal : *cou bras glandes haut de l'abdomen bas de l'abdomen yeux gorge visage épaules tête.* Il y avait un point sur le côté, là où serait mon futur sein gauche, qui me lançait comme une urgence. Il y avait un point à côté de mon futur sein droit, qui me lançait comme une urgence sans gravité.

Être écrivaine c'est être mise au service de ces détails sensoriels, soumise au monde des apparences, et enchaîner les livres conformes à une façon trompeuse et impardonnable de montrer les choses, des livres pleins de monstrations cruelles et inutiles, irresponsables en ce qu'ils évitent de dire ce qui serait éthiquement exigé, puisque dire est cette autre vérité, et que les sens sont enclins aux mensonges de la monstration.

Montrer est une trahison du réel que, de toute façon, vous ne pouvez jamais totalement connaître avec vos yeux. Et si vous essayez de survivre pour la littérature, *montrer sans dire* n'est pas une raison suffisante pour endurer les procédures handicapantes requises pour rester en vie.

Les personnes légèrement malades, mais non diagnostiquées – ces gens qui tournent autour de l'hypocondrie –, font de meilleurs narrateurs. Leur souffrance n'est pas à ce point surdéterminée. Elles peuvent se définir somptueusement, faire de la poésie avec le prestige dont jouissent les malades qui côtoient leur propre fin. Elles ne portent pas le poids d'être spécifiquement malades, touchées dans des parties spécifiques de leur corps à un moment spécifique de l'histoire, atteintes d'une maladie spécifique et spécifiquement genrée.

Je ne veux pas faire le récit du cancer comme on m'a appris à le faire. On m'a appris qu'une personne est diagnostiquée, traitée, vit ou meurt. Si elle vit, elle sera héroïque. Si elle meurt, elle sera un retournement de situation dans le récit. Si elle vit, elle aura la repartie féroce, sa férocité sera applaudie, ou bien elle donnera l'absolution par gratitude, gratitude qui sera ensuite vantée. Si elle vit, elle sera l'ange de l'épiphanie. Si elle meurt, elle sera l'ange de l'épiphanie. Ou si on l'autorise à avoir une voix, elle pourra se plaindre par accès énigmatiques et fragmentés, ou rassembler des clichés situationnels et/ou une sensiblerie télégénique et/ou de la patho-pornographie pour créer une bonne histoire. La littérature surfe sur tous les préjugés à disposition.

Une mère célibataire atteinte d'un cancer du sein devrait être l'occasion d'une projection sentimentale valant mille chansons country. Elle devrait être magnifiquement conçue, faire don de son agonie prête-à-regarder aux mythes additionnés de l'art.

Si c'était un roman, la malade découvrirait qu'elle est une réincarnation de Job, puis découvrirait que tout le monde est une réincarnation de Job.

Si c'était de la sociologie, l'expérience s'inscrirait dans un ensemble de catégories. La malade est, comme on dit, une déviante comme tous les autres déviants. D'abord elle s'aperçoit qu'elle est malade. Après quoi son nouveau rôle de *malade* doit être défini. Le médecin remplit le formulaire pour les ressources humaines. Si elle a une assurance maladie, l'assureur est prévenu. Si elle n'en a pas et qu'elle est suffisamment pauvre, une assistante sociale l'aide à remplir les formulaires de Medicaid. Le post Facebook est rédigé, on documente le rasage de la tête dans une série de photos avec sourires et pouces levés. Elle commence à se soumettre aux traitements et à situer l'évolution de la maladie dans le champ social. Il faut qu'elle paraisse malade aux yeux des autres, alors elle demande de l'aide, prouve sa vertu dans un appel aux dons et aux livraisons de repas. Les cancéreux ne sont pas envoyés en prison, en hôpital psychiatrique ou en hébergement d'urgence comme d'autres personnes qualifiées de déviantes, même s'il y a aussi beaucoup de malades dans tous ces endroits, des cancéreux sans lit où dormir ou qui vomissent à cause de la chimiothérapie en prison. Mais pour notre malade hypothétique, si le cancer est son problème numéro un, elle passe son temps à alterner entre clinique, urgences et soins intensifs comme si elle était une voiture soumise à un entretien qui lui permettra à peine de rouler, et toujours en pétaradant.

Je préférerais ne rien écrire du tout plutôt que de faire la propagande du monde tel qu'il est.

Je suis persuadée que ma maladie ferait un meilleur livre si c'était celle de quelqu'un d'autre. Qui voudrait entendre le marteau se plaindre en permanence de taper sur le clou ? Un objet est un objet pour une bonne raison. C'est du moins ce que je me dis quand les livres que d'autres ont écrit sur des gens atteints d'un cancer commencent à arriver dans ma boîte aux lettres. Ils sont toujours envoyés avec les meilleures intentions, parlent toujours d'une sœur, d'une épouse ou d'une belle-mère, de femmes mourantes au crâne chauve dont aucune n'a de voix ni rien qui les distingue vraiment – si ce n'est qu'elles ont pu avoir des caractéristiques propres par le passé, mais qu'elles n'en ont plus maintenant qu'elles sont dans le livre.

Ces livres qu'on me donne à lire comme une preuve que ce devrait toujours être les autres qui ont le visage gonflé par les stéroïdes, pas moi, aux autres qu'on enlève les seins pour les remplacer par une peau recollée et du silicone froid. Mais quoi qu'en dise la littérature, c'est bien moi la malade, le réceptacle de ce qui semble être toutes les histoires d'épouses-mourantes dans le canon des récits sur le cancer. La souffrance des femmes est généralisée en aubaine littéraire.

Le cancer est, à notre époque, l'une des maladies les plus efficaces pour éradiquer la nature précise et individuelle de celui qui en souffre, et les cancers féminisés – dans le sens où être perçue comme une femme revient aussi, d'une certaine façon, à être à moitié éradiquée, cette éradication étant aggravée par la classe, la race et le handicap – le sont encore plus. Les femmes atteintes d'un cancer se retrouvent souvent obligées d'observer leur propre dissolution, des objets lamentables considérés comme intolérables parce qu'elles se lamentent, témoins des histoires tristes de tout un chacun, mais socialement réprimandées dès que la tristesse sort de leur bouche à elles.

Si vous m'envoyez de la littérature où une femme cancéreuse est elle-même, est une personne complète, complexe et douée de parole, alors j'ouvrirai l'enveloppe. Mais ce que je recevais ressemblait immanquablement à la souffrance sans égal de connaissances avec qui j'étais trop souvent en désaccord pour les considérer comme des amis. Mon diagnostic semblait les faire pleurer plus fort que moi. Tous ces « je suis tellement bouleversé » indus, tapés avec trop de familiarité dans des chats par des hommes qui s'attendaient à ce que j'absorbe leur trop-plein d'émotion à l'occasion de ma dévastation.

Un homme que j'ai rencontré un jour dans un bar a décidé de consacrer sa vie à prendre soin de moi et son enthousiasme face à ma vulnérabilité était tel que j'ai dû bloquer son numéro de téléphone. Mes amies et moi rions parfois aux blagues sur les coureurs ou protecteurs de cancéreuses, avec leurs compils de slows gravées sur CD, leurs cadeaux déposés à notre porte, les accès de galanterie prémédités, les tentatives de séduction bizarres. D'après une de mes amies, si le cancer fait tant fantasmer, c'est parce que la maladie n'est pas transmissible. Ce qui attire dans le cancer, c'est qu'il s'agit d'une maladie de probabilité plutôt que de communicabilité, me dit-elle, et chaque cancéreux peut être perçu comme quelqu'un qui a un cancer pour que vous, vous n'en ayez pas.

Nous avons ce monde en partage, les objets et les environnements qui s'y trouvent, ses systèmes, sa distribution et sa fabrication, les rayons radioactifs des machines sur lesquelles nous cherchons à nous parler les uns aux autres, et tout ce que nous savons se mélange dans la carcinogénosphère du monde industriel. Que nous attrapions notre maladie du monde partagé nous absout de la peur de la transmettre à quelqu'un d'autre directement, et le cancer permet la proximité de l'expérience authentique sans les risques de proximité d'autres maladies. Le cancer est une potentielle scène vertueuse sur laquelle les autres peuvent jouer, et il est un pur exemple de souffrance dont le responsable est à la fois tout et personne.

Voici un exercice en lamentation sans opportunisme : marchez dans une rue et imaginez le malheur qui se tapit derrière chaque porte, alors que vous traversez une petite ou une grande ville en voiture ou en bus, observez chaque entreprise et imaginez ce que chaque employé préférerait faire plutôt que de travailler. Puis imaginez les parents de ces employés, ce qu'ils préféreraient faire eux aussi, ou ce qu'ils préféreraient que les enfants qu'ils élèvent fassent.

Le cimetière produit le même effet. Chaque tombe est comme une page Wikipédia encore vierge.

Ensuite, recommencez, mais cette fois, devant une prison. Puis devant un hôpital.

4.

J'ai lu quelque part que si beaucoup de gens ont écrit des histoires de la maladie, personne n'a écrit d'histoire des malades. Mais je ne pense pas que ce soit vrai. Toute personne dotée d'un corps est une historienne clandestine travaillant au même volume : la peau comme annales des sensations, les parties génitales comme blagues racontées par des imbéciles, les dents comme grandeur et décadence de la morsure.

Je rêve que je suis en train de marcher à trois heures du matin dans les dernières rues des banlieues qui, à un croisement, deviennent les premières de la ville, de la 140e à la 18e, de la 196e à la 3e. Il s'agit des rues de tous les lieux à l'urbanisme quadrillé où je suis allée et je m'inquiète parce que dans le rêve, je suis atteinte d'un cancer, je suis faible, perdue et tout autour de moi, dans les rues et les voitures, se trouvent des officiants précédant l'aube. Je sais que les célébrants sont ordinaires, et en cela, dangereux pour les malades – comme les célébrants le sont presque toujours.

La maladie n'est jamais neutre. Le traitement jamais dénué d'idéologie. La mortalité jamais coupée de la politique.

Le cancer est mis à part dans une catégorie particulière de souffrance, mais souffrir de l'inévitabilité de notre accident commun n'est pas valeureux. Être une enfant de cet accident n'a jamais fait de moi un membre de la classe valeureuse. Immobilisée dans mon lit, je décide de consacrer ma vie à ce que la réponse socialement acceptable à l'annonce d'un diagnostic de cancer du sein ne soit pas l'expression corrective « restez positive », mais ces vers de Diane di Prima dans son poème « Lettre révolutionnaire #9 » : « 1. tuer le PDG de Dow Chemical/ 2. détruire l'usine/ 3. rendre la reconstruction NON RENTABLE[11]. »

Les moments où l'on se prend en charge ressortent sur une masse de nécessité oubliable. Une histoire intéressante est faite d'agentivité, mais les humains existent tout autant du côté obscur de la vulnérabilité que du côté lumineux où nous faisons ce que nous voulons. Recevoir du soin est l'infrastructure de l'autonomie, le travail nécessaire occasionné par la faiblesse d'un corps humain tout au long d'une vie. Le regard que nous projetons vers le monde demande parfois de l'attention, c'est un visage qui dit « aime-moi », par quoi il veut dire quelque chose comme « donne-moi de la soupe ».

Dans la petite enfance, cette demande se présente accompagnée en partie d'une relation promise à l'avenir – aime-moi, dit le visage d'un bébé, et ce sera la cause de l'effet salutaire de l'avenir. Prends soin de moi, dit le bébé vulnérable, pour qu'en grandissant, je devienne une personne capable de prendre soin des autres en retour.

Dans le grand âge, le visage qui dit « aime-moi » évoque un lien au passé qui n'a pas été oublié – aime-moi, dit le besoin d'une personne âgée, en tant qu'effet de l'amour que je t'ai donné à toi ou à quelqu'un/quelque chose d'autre, qui est la cause salutaire du passé.

Mais les gens qui tombent malades à l'improviste – ceux dont le corps est frappé de handicap quand ils auraient dû, selon l'ordre social admis, être occupés à autre chose, comme prendre soin de leurs propres enfants ou de personnes âgées de leur entourage, ou aller au travail – doivent réclamer leur *aime-moi* en engageant la moindre expérience, où qu'elle se situe dans le temps, en en appelant au passé, en jouant sur la confiance en l'avenir.

Aime-moi, disent les malades dans la fleur de l'âge en s'efforçant de faire croire qu'ils retrouveront leur vigueur, aime-moi pour ce que j'ai déjà fait et ce que je pourrai peut-être faire, et aime-moi aussi pour ce présent éternel dans lequel je suis prise au piège, moi qui ne sais pas très bien quel est mon attachement précis au temps.

Les quatre derniers jours sont intitulés *Neutropénie au temps de l'entérovirus.* Ma numération globulaire montre que mon système immunitaire est quasi inexistant. Je suis incapable de voir des gens de peur d'attraper une infection mortelle, pas uniquement à cause de l'entérovirus, mais aussi de la menace posée par un simple rhume ou la moisissure invisible sur un aliment dans le frigo. Mon amie Cara a emporté toutes les plantes qu'il y avait chez moi par crainte que j'attrape les microbes contenus dans la terre. Quand les gens m'offrent des fleurs, elle les emporte aussi. Les seuls moments où je sors de l'appartement, c'est pour aller me promener seule. Au cours de l'une de ces promenades, j'oublie, caresse un gros caniche noir et vis dans la terreur de mes propres mains pendant plus d'un kilomètre après ça.

Dans le *Faust* de Goethe, Mephistophélès prend la forme d'un chien noir, toujours sur les talons de Faust. Quand d'autres voient le caniche, ils ne voient qu'un chien, mais Faust, lui, voit les fers qui seront passés autour de ses chevilles. Le caniche gronde, et Faust lui dit de se taire[12]. J'ai lu quelque part que lorsque Faust dit : « Sois tranquille, barbet ! », il se parle en fait à lui-même[13].

Tous les jours, et hier comme aujourd'hui, je jure que je ne recommencerai pas le récit meurtri de ce qui est arrivé dans mon carnet la veille.

J'ai toujours détesté l'héroïsme dans toutes ses nuances, mais ça ne veut pas dire que je n'en ai jamais eu l'apparence. La lutte ordinaire doit être passée au tamis des formes à notre disposition pour en faire le récit, et en deux temps trois mouvements, l'immense souffrance que nous avons en partage dans ce monde est aplatie et rétrécie, aussi légère que de la soie, elle paraît aussi singulière que le langage dont nous avons besoin pour la décrire.

Le langage est ordinaire lui aussi, mais à cause de ce processus insidieux qui nécessite de trouver une façon de dire, le langage se retrouve attaché à la personne telle une propriété, comme si la singularité d'une bouche était la singularité d'être née ou d'avoir eu mal, peur, besoin qu'on s'occupe de nous, de s'être lancée dans l'interprétation du rêve impossible à interpréter et où le pire nous cueille chaque matin au réveil. Le dire essaye toujours de tomber dans un renforcement des circonstances qui nous ont donné envie de nous exprimer en premier lieu, plutôt que dans leur révélation, comme si la gravité de nos amoindrissements partagés était plus forte que n'importe quelle rage dominante.

On assigne une catégorie à la souffrance profonde – un genre de fragilité tout en langueur et pâleur aristocratiques définie par un élégant spécialiste – et en la racontant, elle se met à ressembler, quelle que soit la réalité, à un trésor de cette même classe sociale.

Si vous ne me connaissiez pas, vous pourriez aussi croire que ma maladie était tellement précieuse que je supportais sa souffrance pour l'amour de la sémiotique, que je ne pensais qu'à la Rome antique quand j'étais en salle de chimiothérapie. Mais j'étais une mère célibataire, sans économies qui vivait dans un monde de profit, qui n'avait pas de compagne ou compagnon pour s'occuper d'elle, ni de famille à proximité dans un monde où la survie était privatisée, qui devait continuer de travailler pendant son traitement avec des employeurs qui lui conseillaient de ne jamais montrer qu'elle était malade, qui n'avait jamais été riche ni proche du pouvoir. En d'autres termes, mon cancer, comme celui de presque toutes les autres, était ordinaire, de même que l'était ma vie en dehors de ma pratique de l'écriture.

Mon cancer n'était pas qu'un ensemble de sensations ni des leçons d'interprétation ni un problème posé à l'art, même s'il était aussi tout ça. Mon cancer était une peur irréductible de mourir en laissant ma fille dans un monde violent vidé de ses ressources, la peur, aussi, d'avoir consacré ma vie à écrire et sacrifié tout ce que j'avais pour ne jamais en récolter les fruits. C'était une terreur que tous mes écrits soient collectés mais pas lus sur les serveurs de Google jusqu'à ce que les serveurs de Google eux-mêmes tombent en poussière, et qu'en attendant, je devienne cette chose indicible, une morte partie trop tôt en laissant derrière elle les êtres et les choses qu'elle aimait le plus au monde, vulnérables, seuls.

Le cerf a eu du mal à se relever, est retombé, s'est remis debout difficilement et a traîné sa carcasse à travers le parking de la banque après avoir été renversé par une voiture. Ma fille, qui avait quatorze ans à l'époque, a dit :

« Anne, je déteste ce que le monde fait au monde. »

et

« Les seules options qui restent sont le terrorisme ou l'isolement. »

Je lui dis que mon test pour rechercher le gène BRCA est revenu négatif. Je lui dis que sans cause hormonale ni tendance génétique ni mode de vie comprenant d'évidents facteurs de risques, j'ai sans doute été exposée à des radiations ou à je ne sais quelles substances cancérigènes, et qu'elle ne doit donc pas s'inquiéter d'avoir une prédisposition ou un gène qui la condamnerait.

« Tu oublies que je suis quand même condamnée à vivre dans le monde qui t'a rendue malade », me répond-elle.

Toute personne en possession d'un corps devrait recevoir à la naissance un guide sur la façon de mourir.

5.

Un des problèmes de l'art quand il aborde la souffrance, c'est que ceux qui souffrent sont souvent épuisés d'avoir dû souffrir, que le moindre récit de cette souffrance soit épuisé avant même d'avoir tenté quoi que ce soit. J'étais fatiguée et devais affronter le problème du besoin de raconter ce qui arrivait en présence, également, de la vulnérabilité sublime, compliquée, et de tout le reste dont on dit qu'il est ineffable. Comment pouvais-je écrire sur le monde tel qu'il était quand ce même monde était coupable de ce corps (le mien) dont tous les sens avaient l'impression de n'être que la forme animée de sa propre trahison ?

Il semble parfois plus douloureux de parler de son cancer que de l'avoir. Il semble plus difficile de recréer l'expérience et les impressions d'une maladie que de les endurer. Il est plus fatigant d'examiner la scène depuis le centre de la scène, de se contorsionner ainsi vers la vérité, que de tourner la tête, baisser les yeux et traverser l'épreuve comme d'autres l'ont traversée en acceptant ce qui leur était dit, comptant sur la délivrance de l'oubli.

J'aimerais mieux écrire sur n'importe quoi d'autre. « Mais la vérité, a écrit Bertolt Brecht dans un essai sur les difficultés qu'il y a à écrire la vérité, c'est qu'on ne peut pas l'écrire comme ça, simplement ; il faut l'écrire pour quelqu'un, pour quelqu'un qui en fera quelque chose[14]. » J'aimerais mieux écrire sur n'importe quoi d'autre, pas seulement par crainte de la douleur qu'entraîne l'étude de la douleur, mais aussi par peur de transformer la douleur en produit. J'aimerais mieux écrire sur n'importe quoi d'autre, pas seulement par peur de raconter la même histoire, mais par peur que cette « même histoire » soit un mensonge au service de l'état des choses. J'aimerais mieux écrire sur n'importe quoi d'autre, mais je sais que d'autres personnes existent, que toutes ont un corps à l'intérieur de l'histoire, que nous tous avons un système nerveux et faisons des cauchemars, que nous tous avons des environnements, des heures et des désirs, comme celui de ne pas être malade ou de ne pas tomber malade ou de comprendre ce que ça veut dire quand ça nous arrive.

Un écrivain, a écrit Brecht, doit être assez courageux pour connaître la vérité, assez fin pour la reconnaître, assez habile pour en faire une arme, assez judicieux pour savoir qui pourrait l'utiliser, et assez rusé pour l'aider à trouver sa route[15]. Et la vérité doit être écrite pour quelqu'un, un quelqu'un qui est nous tous, nous tous qui existons dans ce mouvement d'attraction-répulsion par lequel les liens de l'amour nous attachent à la terre, et la souffrance nous en éloigne.

À son retour dans l'Empire romain, Aelius Aristide a un problème. Il veut écrire un livre mais ne sait pas comment organiser les informations tirées de son expérience :

> Dois-je, après avoir rappelé le fleuve, ce terrible hiver et le bain, raconter ensuite les autres phénomènes du même genre et dresser pour ainsi dire une sorte de catalogue des bains hivernaux, divins, absolument extraordinaires ? Ou bien, ayant divisé mon sujet, rapporterai-je aussi quelques-uns des faits intermédiaires ? Ou vaut-il mieux, ayant passé par-dessus tous ces faits intermédiaires, faire correspondre la fin à mon premier discours, montrant ce qu'il en fut de la révélation oraculaire en ce qui regarde les années que j'avais à vivre, et quelles en furent les suites[16] ?

Ce qu'il en fut
de la révélation oraculaire

1.

Une fois que le cancer vous tient, vous oubliez tout ce que vivre vous a fait perdre de vie, et aussi tout ce que la maladie vous a fait perdre de vous – parce qu'il n'est pas facile de s'occuper d'une maladie tout en s'occupant de soi. S'occuper de sa maladie peut devenir la seule raison d'exister, un mariage arrangé par le destin, et plus tard, quand ce n'est pas la maladie grave qui vole de la vie à votre vie, ce sont les handicaps chroniques nés de ce qui l'a guérie.

Le cancer paraît alors désuettement catastrophique à la manière du siècle précédent, celui dont sont issus les traitements contre mon cancer ainsi que ses causes. C'est comme si j'étais malade du vingtième siècle tout en étant soignée par lui, par ses armes et ses pesticides, ses généralisations épiques et ses coûteux festivals de mort. Puis, alors que ce siècle me rend déjà malade à crever, voilà que l'information s'y met aussi – elle est la maladie de notre siècle.

Dans le monde industrialisé, on estime que la moitié d'entre nous a un cancer ou en aura un, et la plupart d'entre nous en portent un petit bout en eux, même si nous l'ignorons. Le cancer n'existe même pas vraiment, du moins pas en lui-même. Le cancer est une idée qu'on lance comme on dénigre notre propre malignité.

Avoir des cellules errantes dans un sein, la prostate et les poumons n'est pas la crise en soi. Le cancer devient une crise à deux reprises : quand il est découvert, puis avec l'effet provoqué par sa découverte. La plupart du temps, l'effet est une calamité de la médecine ou une calamité de l'absence de médecine, la première étant orchestrée en prévention de la calamité de la mort qui, comme la naissance, est la calamité la moins unique sur terre.

Dans les circonstances de ces calamités, il n'y a pas d'écoute de mon corps possible puisqu'en l'état, il ne cesse de dire ce qu'il ne faut pas. Mon corps a l'impression que sa mort est un effet secondaire de ce qui promet de le maintenir en vie et demande, pour se sauvegarder, à être détruit : ne pas bouger, ne pas manger, ne pas travailler, ne pas dormir, refuser tout contact. Chaque nerf est un mendiant qui fait l'aumône d'une fin. La sagesse de mon corps prend la forme d'une question atrocement mélodramatique posée par un imbécile. Je devais cependant croire ce que mon corps exprimait quand il voulait mourir, ce n'était pas qu'il détestait la vie, seulement qu'il ne supportait plus cette situation.

Puis mon corps a supporté l'insupportable, comme beaucoup d'autres. Parfois, l'unique façon de survivre au pire est de se précipiter vers le refuge parfait de l'engourdissement. La dissociation règne, mais votre rêvasserie ne dérange personne quand vous avez un cancer. Certains amis semblent souhaiter que je me dissocie davantage, que j'abandonne mon amour de la lucidité par le biais d'événements auxquels on survit mieux avec un esprit replié sur lui-même.

J'ai beau garder les mains et les pieds au froid pendant la chimiothérapie pour éviter de perdre mes ongles, ces deniers se décollent. Cela fait aussi mal qu'on se l'imagine, des ongles qui se décollent. Je maintiens en place les miens, peints d'un vernis nacré, avec du sparadrap. J'ai perdu des amis, des amants, la mémoire, des cils et de l'argent dans cette maladie, donc je m'entête à refuser de perdre une autre de ces choses précieuses pour moi. Mes ongles tombent en dépit de mon refus.

Mes nerfs meurent, se désintègrent dans une sensation de grésillement depuis l'extrémité de mes doigts, de mes orteils et de mes parties génitales. Après quoi mes doigts sont les solipsistes les plus agaçants qui soient : sourds au monde, indignés dans leur intériorité. *Votre parcours en oncologie* dit que la solution à cet état qu'on appelle neuropathie est de demander à d'autres de boutonner mon chemisier, mais il ne dit pas qui. Je suis devenue maladroite à cause d'une altération de ma proprioception, aussi. Je ne peux plus faire confiance à mes pieds pour qu'ils me disent où je me tiens.

Une femme que je connais m'explique qu'elle n'est jamais redevenue la personne qu'elle-même avait connue après son cancer, trente ans plus tôt. À soixante-dix ans passés, elle dit qu'elle se rend au travail tous les jours et quand elle rentre chez elle, elle passe des heures dans un vide dissocié. Mais parce qu'elle doit travailler pour vivre, elle doit retourner travailler dès le lendemain matin et faire semblant de toujours exister. Certaines d'entre nous qui survivent au pire y survivent dans un état de quasi-inexistence. Aelius Aristide le décrit aussi : « Je suivais les progrès de mon mal comme j'aurais pu le faire pour tout autre, et j'avais conscience de ce qui me restait chaque fois de forces corporelles, jusqu'à ce qu'enfin j'en vinsse à l'extrémité. »

Je pense au philosophe islamique du Moyen Âge, Avicenne, et son homme flottant qui, privé de toute sensation, se connaît tout de même et prouve ainsi l'existence de l'âme[1]. Je ne suis pas sûre de le croire. On trouve une meilleure réponse dans le poème épique du poète romain Lucrèce, *De la nature,* où il argue que nous pouvons mourir petit bout par petit bout. Chaque cellule est un royaume de substance et d'esprit, et un royaume peut être renversé. Notre force vitale, à l'instar de notre chair, ne semble jamais nous échapper d'un coup. Toute personne ayant eu un pied dans la tombe peut en témoigner. Ce que nous appelons l'âme peut mourir à petites doses, de même que notre corps peut être épuisé, amputé et empoisonné morceau par morceau[2]. Les pans perdus de notre âme ne sont pas plus remplaçables que les pans perdus de notre corps, la vie se détachant petit à petit de la vie, tout simplement. Et nous voilà, en grande partie mortes, mais encore obligées d'aller travailler.

Tout ce qui reste du passé est ce terme flou, ce « moi-même » que je compare désormais à l'irréalité impersonnelle du cancer. Pendant longtemps, une fois les choses lancées, je me dis que je suis probablement morte, en train de hanter ce territoire vaguement familier qu'est la terre, une voyageuse post-biologique qui se dirige vers l'au-delà où, pour je ne sais quelle raison, on m'autorise parfois à croire que je suis en vie avec un succès modeste. Si j'étais encore en vie, me dis-je, je serais au moins allée en Californie. Si c'était vraiment la vie, me dis-je, jamais autant de gens n'auraient lu mon recueil de poésie. Si je suis morte, je suis au moins contente que les administrateurs de l'éternité m'aient assigné un au-delà complexe d'un point de vue moral et relativement plaisant.

Il est gênant, pendant un dîner, de faire admettre aux autres que je ne suis peut-être pas en vie. Par ailleurs, il n'est pas facile non plus d'essayer de se prouver qu'on existe. Il faudrait un fil d'actualités aussi étendu que le cosmos pour se rappeler ce qu'on est vraiment, faire défiler cette preuve constamment et avec insistance, les amis qu'on a eus, les erreurs qu'on a commises, les sentiments qui nous ont blessées, tous les lits où on a dormi, tous les livres qu'on a lus, les ennemis qui nous considèrent trop pitoyables pour être des rivales, l'apparence d'hier par rapport à l'apparence d'aujourd'hui. La mémoire est ce fil d'actualités pour ceux qui ont pu garder un cerveau intact, mais moi je n'ai pas cette chance, ayant dû échanger le mien contre la vie. La vraie littérature serait *Proust au lit* et raconterait l'histoire d'un homme du monde profondément intéressé par sa mère. Mon livre devrait s'intituler *La Recherche du temps perdu empêchée pour raisons médicales.*

Plus tard, j'ai lu que cette sensation d'être morte trouve parfois ses causes mécaniques dans certains troubles neurologiques, comme ceux dont j'ai souffert avec la chimiothérapie. Je suis un fantôme, mais ce que j'ai perdu de moi n'est même pas métaphysique – c'est mécanique. Pourtant, cette explication rationnelle qui me dit pourquoi j'ai l'impression d'être morte la moitié du temps n'aide pas beaucoup à modifier l'horreur de vivre dans le sens où je ne me sens pas vivante. Nous sommes là, je suis là, seule et moi-même, la moitié de mon corps perdue, la moitié d'entre nous disparue, et nous toutes devenues fantômes ou qui ne mourons pas, la moitié d'entre nous morte et moi pour moitié égarée sans laisser la moindre trace.

2.

En 1974, l'année où la FDA a approuvé la mise sur le marché de la molécule d'adriamycine, le romancier britannique D.G. Compton a publié *La Mort en direct*, un roman qui parle, entre autres, d'une femme à qui on annonce qu'elle est sur le point de mourir. On diagnostique à Mortenhoe une forme mortelle du syndrome de Gordon, une maladie en bonne partie causée par une surcharge d'informations, « les limites physiques inhérentes aux quantités d'images que peut enregistrer le cerveau humain et à quelle vitesse[3] ». Mais une personne souffrant du syndrome de Gordon ne meurt pas seulement de ces informations : elle meurt d'indignation face à elles. On explique à Mortenhoe qu'elle meurt du genre d'indignation qui naît chez quelqu'un qui a été submergé de données, écran après écran. C'est un état d'indignation perpétuelle face à ces informations qui a poussé l'esprit de Mortenhoe, ainsi que le lui explique son médecin, à résister jusqu'à la mort aux structures du monde, créant, comme il le dit, « un schéma de rébellion[4] ». Il ajoute qu'il n'y a rien à faire – elle est trop malade et montre trop d'opposition. Un ordinateur a mesuré pour elle combien de temps il lui reste à vivre : un mois. Katherine Mortenhoe doit mourir parce que face au monde et à toutes les informations qui s'y trouvent, son cerveau est dans un état qui lui donne sans cesse la nausée.

Mortenhoe travaille dans une maison d'édition qui s'appelle Computabook. En attendant d'en savoir plus sur sa maladie, elle entre des intrigues dans le programme d'un ordinateur nommé Barbara et qui écrit des romans. En apprenant qu'elle-même est en train de mourir de ses « circuits en surchauffe », Mortenhoe commence à avoir de la peine pour le programme informatique avec lequel elle travaille et dont les circuits sont eux aussi sursollicités – « pauvre Barbara », répète-t-elle. Mortenhoe commence à imaginer une littérature écrite à l'ancienne, sans l'intervention des machines. Elle écrirait un livre avec des gens tels qu'ils sont vraiment, pense-t-elle, « chacun n'était que simple chimie, simple amas de neurones, et chacun de ces amas équipé d'un système de communication interne qui se serait constitué au fil de milliers d'années pour des raisons majoritairement obsolètes[5] ».

Mortenhoe travaille au département des romances – elle *est* le département des romances, l'unique responsable et employée de ce département – donc rien de surprenant à ce que, malgré son positivisme cybernétique, elle se dise ensuite : « Mon histoire contiendra la seule réalité existante, à savoir qu'il n'y a pas de réalité, et elle me rendra célèbre. Je l'écrirai peut-être à l'hôpital, peut-être en dictant le dernier chapitre pendant mon agonie[6]. »

Mortenhoe meurt de maladie dans un monde où presque toute la population meurt désormais de vieillesse et à cause de ça, elle devient une célébrité de second ordre. Pour satisfaire « le public affamé de douleur », les médias commencent à la suivre, espérant trouver des occasions de la prendre en photo. Afin de les tenir à distance, Mortenhoe remplit les formulaires donnant droit à trois jours de « chagrin privé ».

Dans l'univers médical capitaliste où les corps doivent à tout moment orbiter autour du profit, même une double mastectomie est considérée comme de la chirurgie ambulatoire. Après ma mastectomie, j'ai été expulsée de la salle de réveil agressivement et rapidement. L'infirmière m'a réveillée et a essayé de remplir, de manière incorrecte, le questionnaire de sortie à ma place pendant que j'essayais, en vain, de la convaincre que je ne me sentais pas bien. Je lui ai dit qu'on ne me donnait rien pour la douleur, que je n'étais même pas encore allée aux toilettes, qu'on ne m'avait pas encore expliqué ce que je devais faire, que je ne pouvais pas me lever, donc encore moins partir. Puis ils m'ont obligée à partir, et je suis partie.

Bien sûr, il est impossible de prendre le volant pour rentrer chez vous quand vous avez subi une double mastectomie, que vous geignez de douleur, êtes incapable d'utiliser vos bras, vos quatre drains pendant de votre torse, que vous délirez après l'anesthésie et que vous êtes à peine capable de marcher. Vous n'êtes pas non plus censée être seule à votre retour chez vous. Mais en fait, personne ne demande comment vous vous débrouillerez une fois qu'on vous aura poussée hors de la clinique – qui prendra soin de vous, s'il y a quelqu'un, quels sacrifices ces aidants pourraient avoir à faire ou de quel soutien ils auraient besoin. On ne devrait pas s'étonner que les femmes célibataires atteintes d'un cancer du sein, de même âge, race et avec des revenus identiques, aient un taux de mortalité deux fois plus élevé que les femmes mariées. Il grimpe encore plus si vous êtes célibataire et pauvre.

Tout le monde comprend qu'en fait, à moins d'être engagée dans le partenariat amoureux qui est la coutume de cette société, ou d'avoir vécu assez longtemps pour avoir élevé des enfants devenus des adultes dévoués, ou d'être assez jeune pour être encore à la charge de vos parents, en cas de cancer agressif dans un monde de profit agressif, on considère rarement que vous comptez assez pour vous maintenir en vie.

Quand Fanny Burney subit une mastectomie sans anesthésie dans sa chambre parisienne en septembre 1811, suite à la découverte d'une grosseur au mois d'août, l'un de ses médecins lui dit : « *Il faut s'attendre à souffrir. Je ne veux pas vous tromper – vous souffrirez – vous souffrirez beaucoup* !* »

À propos de sa tumeur, Burney écrit : « J'ai senti que le mal était profond, si profond que je pensais souvent qu'il ne pouvait être dissous, qu'il ne pourrait être extirpé qu'en même temps que la vie. » Mettant en balance une mort longue et douloureuse par cancer contre une mort courte et douloureuse par son traitement potentiel, elle se soumet à la forme de souffrance la plus optimiste. Elle choisit de se faire retirer la tumeur.

Sept chirurgiens arrivent vêtus de robes sombres. Grimpant sur le lit chirurgical de fortune, un voile sur les yeux, Burney entend le chirurgien en chef demander :

« *Qui me tiendra ce sein* ?* » à quoi elle répond : « Moi, Monsieur. » Elle repousse le voile, prend son sein dans la main pour que le chirurgien puisse commencer l'ablation, et raconte en détail la douleur qui rayonne à travers son corps.

Après quoi, le chirurgien replace doucement le voile sur le visage de Burney et repose sa main le long de son corps. « Au désespoir, déprimée, ne croyant plus en moi, écrit-elle, j'ai fermé les yeux une fois de plus, renonçant à toute observation, à toute résistance, à toute interférence, et tristement résolue à ma totale résignation. »

« Ils me paraissaient fermés hermétiquement », écrit Burney au sujet de ses yeux pendant l'intervention[7].

Il n'y a pas besoin d'être témoin de la souffrance pour l'éprouver, et dans le cas de la maladie, la perte reste indépassable en tant que source de connaissance. Comme dans d'autres récits littéraires célèbres sur la mastectomie – dont celui tiré des *Cancer Journals* d'Audre Lorde où elle explique avoir été anesthésiée, puis s'être réveillée biopsisée, terrifiée, et métamorphosée –, la participation pleine et entière d'une personne à la perte revient aussi à raconter comment, par besoin d'expérience, cette participation pleine et entière est en fait hypothéquée. Avoir un corps signifie que vous ne verrez pas toujours ce qui lui arrive.

Dans le cas de Burney, voir ce qui arrivait aurait été insoutenable. Même avec les yeux fermés, elle s'est évanouie deux fois. Pour continuer de savoir, elle a renoncé à regarder. Le récit qu'elle donne dépasse celui du témoignage oculaire, c'est le témoignage de cette autre chose de la maladie, de ce domaine d'expérience qui dépasse le visuel. Le 25 mars 1978, Audre Lorde écrit :

> L'idée de savoir plutôt que de voir, de faire confiance, ou même de comprendre, a toujours été considérée comme hérétique. Mais je paierais n'importe quel prix en douleur pour savourer le poids de la contemplation ; pour être entièrement remplie, non pas de conviction ni de foi, mais d'expérience – de savoir, direct et différent de toutes les autres certitudes[8].

Le savoir est autre chose – pour quiconque n'appartient pas à la classe des experts, susceptible d'être accusée et mise en doute. Et puisque la sensation empêche de regarder, les sensations fortes peuvent aussi entraver la réflexion, du moins dans le cas de Burney qui écrit que ses sensations pendant l'événement qu'a été la mastectomie la rendent incapable de le penser. Mais ne pas pouvoir penser ne veut pas dire ne pas savoir. Neuf mois après sa mastectomie et au cours des trois mois qu'il lui faut pour coucher son récit sur le papier, Burney dit qu'elle ne peut pas relire ce qu'elle a écrit sans en être malade. Ce qu'elle a écrit n'est tout bonnement pas le récit d'une mastectomie. C'est le récit de ce dont nous devons être témoins mais que nos yeux ne peuvent pas voir, de ce que nous devons comprendre, mais à quoi il nous est insoutenable de réfléchir, et de ce que nous savons devoir écrire mais que nous ne supportons pas de lire.

Y penser me rend malade, l'écrire aussi, et lire les récits des mastectomies des autres est souvent insupportable. J'en suis malade, quand je vois comment, parfois, j'envie la situation atroce du passé parce qu'au moins elle est horrible autrement, autrement dégradée par rapport à celle d'aujourd'hui.

D'après *The Cancer Journals*, dans les années 1970, Audre Lorde a passé cinq jours à l'hôpital après l'ablation de l'un de ses seins[9]. Lorde avait une chambre où elle pouvait recevoir des visiteurs, un lit où se reposer, a pu déambuler dans les couloirs avant de déambuler chez elle, a pu prendre plusieurs semaines pour se remettre, aussi, et penser à la perte de son sein – plutôt qu'à la perte de sa mémoire, du langage, de sa capacité à penser découlant de la chimiothérapie – comme étant l'événement majeur de son cancer. Malgré le mensonge du progrès, les personnes atteintes d'un cancer du sein sont désormais si nombreuses à ne plus bénéficier de tout cela, d'une gestion adéquate de la douleur après l'intervention, d'une physiothérapie pour faire face à la douleur post-mastectomie et aux problèmes de mobilité, de congés maladie, que la perte d'un sein devient le cadet de leurs soucis. Si elles n'obtiennent pas de lit dans lequel se rétablir ni de rééducation pour les troubles cognitifs dus au traitement, ce qu'elles obtiennent aux États-Unis est un accès généralisé à la reconstruction mammaire – elles peuvent avoir l'implant qu'elles veulent.

Quand je lis des récits historiques de cancer du sein, je suis souvent frappée de voir un monde où l'emprise du profit n'était pas aussi totale et suppurante. De nos jours, malgré des progrès inadaptés dans la gestion de la douleur postopératoire, les patientes subissent souvent une ablation des seins, les tissus prélevés sont incinérés, après quoi on oblige les patientes à se lever et à partir. Ce que tant d'autres et moi vivons aujourd'hui s'appelle des « mastectomies à la chaîne ». D'après une étude de la Federal Agency for Healthcare Research and Quality, « en 2013, 45 % des mastectomies ont été effectuées en ambulatoire dans des cliniques affiliées à des hôpitaux sans que les patientes y passent une seule nuit[10] ». Quelle que soit l'éloquence avec laquelle on réclame des soins depuis notre lit d'hôpital après s'être fait charcuter, quels que soient les saignements, les plaies à vif, le choc, le tourment et la sédation, on n'obtient rien.

Je dois retourner travailler dix jours après une double mastectomie et le début d'une reconstruction mammaire. Avant mon opération, j'ai enseigné tout au long de ma chimiothérapie qui a duré des mois, et malgré ça, je n'ai plus droit à aucun congé maladie. J'aurais renoncé à tous les implants en silicone du monde si on m'avait garanti que je pourrais reprendre le fil de ma carrière après avoir pris le temps de me soigner, mais si votre traitement déborde de l'étroite fenêtre de congés sans solde octroyés par le Family and Medical Leave, alors vous n'êtes assurée de rien.

Je suis en colère de voir combien, dans ces conditions, je me force à refuser d'admettre la douleur que Lorde, Burney et toutes celles qui m'ont précédée ont si expertement décrite. J'essaye de ne rien sentir de ma mastectomie parce que sentir tout le poids de ces événements – surtout après six mois d'une chimiothérapie agressive – réduirait à néant le dernier lambeau de force qu'il me reste pour leur survivre. Je ne pleure pas mes seins perdus parce qu'il me semble qu'il y a des raisons de plus en plus immenses de pleurer l'état de notre monde en partage.

Je suis en colère parce que plusieurs jours après l'opération, je n'ai pas d'autre choix que de demander à des amis de me conduire au travail, amis qui ont tous déjà fait beaucoup de sacrifices pour m'aider, qui doivent porter mes livres jusqu'à ma salle de cours parce que je ne peux pas me servir de mes bras. Ivre de douleur et de perte dans ces jours qui suivent l'opération, je donne un cours magistral de trois heures sur le poème de Walt Whitman extrait de *Feuilles d'herbe* – « errant et confus... absent à moi-même... désassorti... contradictoire » –, mes drains cousus à ma poitrine fortement compressée, étant censée être une survivante du cancer du sein visiblement courageuse alors que mes étudiants n'ont pas la moindre idée de ce qu'on m'a fait ni à quel point je souffre.

Une personne qui se plaint en public d'un aspect du cancer du sein, peu importe lequel, est souvent étouffée par le chœur de gens qui, pour nombre d'entre eux, n'ont jamais eu de cancer mais l'accusent d'ingratitude, affirment qu'elle a de la chance, préviennent que cette attitude négative pourrait bien la tuer, lui rappellent qu'elle pourrait être morte. Comme à n'importe quelle cancéreuse, on me dit d'être reconnaissante – que j'ai accès au traitement, que je fais un travail qui a du sens, que j'ai des amis, que je suis, pour l'instant, toujours en vie – parce que ça facilitera ma guérison, et de fait, je suis reconnaissante. Ainsi que l'a écrit Whitman dans ce même poème de *Feuilles d'herbe :* « Quiconque n'est pas couché au tombeau et dans une noire tombe, qu'il sache qu'il a plus qu'il n'en faut. » Mon permis de chagrin privé a expiré depuis longtemps, comme celui de toutes les autres.

Il est sans doute désormais clair que bien des aspects de l'expérience sont visibles alors que bien des situations se sont dégradées, que cette prise de conscience si disputée n'est qu'une variable décevante du consentement, qu'on ne cesse de se battre pour y accéder alors qu'elle ne cessera de décevoir parce qu'elle sera devenue ordinaire. La visibilité ne modifie pas de manière fiable les relations du pouvoir aux personnes ou objets rendus visibles, sauf dans la mesure où les proies visibles sont plus faciles à chasser.

Les gens meurent visiblement, s'inquiètent visiblement, le monde entier ouvert à la surveillance du monde entier. Les pilotes de drones tuent leurs victimes visibles. Les entreprises fouillent les données de notre correspondance visible et comptent nos clics visibles. Nous postons nos pires souffrances dans nos groupes de soutien visibles. Les cieux satellisés observent notre grand tout visible même si les oiseaux et les nuages restent parfaitement indifférents, et sur les écrans d'hôpitaux, les intérieurs-autrefois-secrets sont à présent visibles, retournés, extériorisés. Aujourd'hui, la plupart des êtres vivants sont assez intelligents pour savoir qu'il y a une visibilité menaçante pour tout ce qui était autrefois directement vécu. Identifier un problème ne le résout pas vraiment comme nous le voudrions, si ce n'est qu'à présent, nous avons pour tâche supplémentaire d'amplifier le signal de la tragédie commune à l'intérieur de sa structure entrepreneuriale de vérité délimitée.

Et cela ne veut pas dire que dans la tragédie de la tragédie, dans mes contradictions dont je soupçonne qu'elles ne sont pas très différentes de toutes les vôtres, il n'existe pas des quantités de choses tristes, injustes et révoltantes dont je voudrais qu'elles soient vues par tout le monde. Mais certaines choses restent mystérieuses, n'ont rien de spectaculaire, et cela me donne de l'espoir. Le destin du monde repose sur la promesse du négatif, de même que nous pouvons nous reposer sur le fait que la vue n'est pas le seul sens à notre disposition.

3.

J'ai toujours voulu écrire le plus beau livre contre la beauté. Je l'appellerais *Cyclophosphamide, doxorubicine, paclitaxel, docetaxel, carboplatine, stéroïdes, anti-inflammatoires, médicaments antipsychotiques et antinauséeux, médicaments antinauséeux et anxiolytiques, antidépresseurs, sédatifs, solution saline, antiacide, collyre, gouttes auriculaires, crèmes anesthésiantes, lingettes alcoolisées, anticoagulants, antihistaminiques, antibiotiques, antifongiques, antibactériens, somnifères, D3, B12, B6, joints et huiles et produits comestibles, hydrocodone, oxycodone, fentanyl, morphine, crayon pour les sourcils, crème pour le visage.*

Puis la chirurgienne m'appelle pour me dire que d'après les informations dont elle dispose, le protocole a fonctionné, le cancer a disparu. La double mastectomie effectuée après six mois de chimiothérapie révèle une « complète réponse pathologique », c'est-à-dire le résultat que j'espérais, celui qui me donnerait la meilleure chance de mourir d'autre chose que de ça.

En entendant la nouvelle, je suis comme un bébé qui vient de naître entre les mains d'un corps uniquement fait de la grande dette d'amour et de rage, et même si je vis quarante et un ans supplémentaires pour me venger de ce qui est arrivé, ça ne sera pas encore suffisant.

Le canular

« Si je ne parviens pas à fléchir ceux d'en-haut, je ferai bouger le peuple de l'Achéron. »

Épigraphe à l'*Interprétation du rêve*
de Freud, 1899.

1.

Je tombe sur la manchette d'un journal : « Pour une survivante du cancer du sein, l'attitude fait tout. » Je cherche la manchette : « Pour un patient atteint d'Ebola, l'attitude fait tout » ou « Pour un diabétique, l'attitude fait tout » ou « Pour ceux qui ont une syphilis congénitale, l'attitude fait tout » ou « Pour le saturnisme, l'attitude fait tout » ou « Pour ceux qui se sont fait mordre la main par un chien, l'attitude fait tout » ou « Pour une victime par balle, l'attitude fait tout » ou « Pour les pré-ados en train de cuver, l'attitude fait tout » ou « Pour un coyote renversé par une Ford F150, l'attitude fait tout » ou « Pour l'attraction terrestre, l'attitude fait tout » ou « Pour le cycle de l'eau, l'attitude fait tout » ou « Pour le survivant à des varices, l'attitude fait tout » ou « Pour la barrière de corail en voie de disparition, l'attitude fait tout ».

2.

Après que les enfants de l'école où il travaillait ont collecté des fonds pour lui, un auxiliaire de vie scolaire de l'Oklahoma du nom de Ken MaBone a reçu les clés d'une nouvelle voiture pour qu'il puisse se rendre lui-même à ses séances de traitement[1]. Les amis de Jenifer Gaskin, une mère célibataire de l'Oregon, lui ont organisé la livraison de repas pour toute la durée de son traitement afin que ses enfants et elle aient de quoi manger[2]. Alicia Pierini a tatoué cette phrase en italique sur le haut de son bras : « Le cancer a peut-être porté le premier coup, mais c'est moi qui lui mettrai le dernier[3]. »

Le protocole de chimiothérapie qu'a enduré Maggie l'empêche de marcher normalement. Monica s'est cassé la jambe à deux endroits après sa première chimiothérapie. Robert a perdu presque toutes ses dents à cause de la chimiothérapie et s'est mis à trembler de manière incontrôlable. John Ingram a dû endurer des douleurs chroniques après l'ablation de tissus du sein. À propos des conséquences de sa mastectomie, Diane Green a dit : « J'ai perdu ma maison, j'ai perdu mon mari, j'ai perdu ma santé, j'ai perdu mon travail, j'ai absolument tout perdu[4]. »

En 2014, le magazine *ELLE* a nommé Belle Gibson, une bloggeuse *lifestyle* et autrice de *The Whole Pantry*, « femme la plus inspirante que vous ayez jamais rencontrée cette année ». Belle a raconté qu'elle souffrait d'un cancer du sang, de la rate, du cerveau, de l'utérus et du foie et qu'elle le soignait en suivant un régime. Sauf que c'était faux[5].

D'après les articles, aucune de ces personnes n'était atteinte de cancer. Ni celles à qui on a offert une voiture ni celles qui se sont fait tatouer ni celles qui ont eu une chimiothérapie ni celles qui se sont fait opérer ni celles qui ont écrit des livres. Certains, comme John Ingram et Diane Green, ont cru qu'ils avaient un cancer à cause de leur médecin alors que ce n'était pas le cas. D'autres, comme Ken MaBone, Jenifer Gaskin, Alicia Pierini et Belle Gibson auraient prétendu avoir un cancer alors que tout porte à croire qu'ils savaient que c'était faux.

Farid Fata, un oncologue du Michigan, a été condamné à quarante-cinq ans de prison pour avoir prescrit une chimiothérapie à des gens qui n'avaient pas de cancer[6]. Le chirurgien mammaire britannique Ian Paterson a été condamné à quinze ans de prison pour avoir pratiqué des mastectomies sur des gens à qui il avait fait croire que ce qui était bénin était malin. « Il faut bien que j'aie de quoi payer mes vacances », aurait-il plaisanté avant d'être finalement condamné pour « blessures volontaires[7] ».

Certaines personnes mentent en annonçant à des patients qu'ils ont un cancer. Certaines personnes mentent en affirmant en avoir un. Le monde regorge d'anecdotes sur des faussaires du cancer qui ne semblent vouloir que ce que tout le monde veut et mérite, à savoir du temps pour soi, un peu d'argent à dépenser, un plat au frigo, de l'amour. Il y a des histoires comme celle de l'homme qui a pris cent jours de congés maladie avec de faux certificats médicaux, ou la femme qui s'est rasé la tête et a demandé à son église de l'aider financièrement, ou la sœur qui a transformé son papillomavirus en vrai cancer de l'utérus pour se donner de l'importance à un dîner pendant ses vacances. Il y a aussi les médecins qui trompent leurs patients en transformant des problèmes bénins en lien avec le cancer en cas graves nécessitant des traitements agressifs et coûteux, ou les médecins qui ne disent pas aux patients qu'ils sont mourants, leur font subir des interventions chères, douloureuses et inutiles pendant des mois. Quand ils sont démasqués, les gens qui prétendent être atteints d'un cancer doivent souvent faire face, si ce n'est à des poursuites judiciaires, au moins à l'ostracisme social. Ce n'est souvent pas le cas des médecins qui pratiquent un subtil acharnement thérapeutique.

Il n'y a pas que les médecins et les patients qui mentent. Le chercheur Roger Poisson a admis avoir falsifié les données de presque cent patients dans une étude historique sur le cancer du sein entre 1977 et 1990. Poisson a affirmé avoir contrefait les résultats pour le bien de ses sujets de recherche dont beaucoup n'étaient pas censés être éligibles pour cette étude. D'après un article du magazine *TIME* intitulé « Les grandes fraudes de la science », « les enquêteurs ont découvert deux carnets concernant deux groupes de patients dans le laboratoire du Poisson, l'un étiqueté "vrai", l'autre "faux"[8]. »

En septembre 2017, une plainte impliquant plusieurs régions a été déposée contre le fabricant Sanofi-Aventis pour ne pas avoir prévenu patients et médecins des effets secondaires indésirables à long terme du Taxotere. Dès 2009, la FDA avait envoyé des courriers d'alerte à Sanofi parce que la présentation du médicament était en partie fallacieuse[9]. En juillet 2017, dans une autre affaire, l'entreprise pharmaceutique Celgene a accepté de verser 280 millions de dollars parce qu'elle avait mis sur le marché des anticancéreux pour des usages encore non validés[10]. La FDA explique que de plus en plus « de remèdes farfelus prétendant guérir le cancer chez les chats et les chiens se retrouvent sur le net[11] ».

Des reportages racontent qu'une Britannique de trente-huit ans, Kelsey Whitehead, s'est rasé le crâne, a recouru à du maquillage pour se donner l'air malade et s'est obligée à vomir au travail. Elle a acheté un cathéter de Hickmann – un cathéter posé chirurgicalement et parfois utilisé pour l'administration de chimiothérapie – et s'est incisée elle-même la poitrine pour l'insérer. Le juge qui l'a condamnée pour fraude lui a dit qu'elle avait « un vrai problème psychologique[12] ».

Les laboratoires pharmaceutiques mentent. Les médecins mentent. Les malades mentent. Les gens en bonne santé mentent. Internet ment.

Cureyourowncancer.org (soignez votre cancer), qui vend des huiles à base de cannabis et des casquettes à quarante-cinq dollars estampillées d'un logo en forme de feuille de chanvre avec la phrase « Je tue le cancer », prétend que « Big Pharma nous ment pour nous convaincre que leurs soi-disant "traitements" contre le cancer marchent ». La description qui accompagne la vidéo YouTube de neuf minutes et quarante-quatre secondes intitulée « Le canular du cancer expliqué » dit simplement : « L'industrie pharmaceutique vous tue. »

Quand on a un cancer du sein, c'est octobre rose tous les mois, et le vrai mois d'octobre est une saison en enfer. Le monde vire au rose sanguinaire sous l'effet des politiques de respectabilité comme si les victimes du cancer du sein étaient mortes à cause d'une mauvaise attitude, d'une surconsommation de saucisses ou de ne pas avoir cru sur parole l'oncologue à peine sorti de la fac. Quand ma chimiothérapie a semblé fonctionner, des gens m'ont dit qu'ils avaient toujours su que je survivrais, comme si j'étais spéciale et forte, contrairement aux autres.

Les forums en ligne tiennent le compte ininterrompu des pertes liées au cancer du sein. Les femmes postent leur histoire d'heureuse survivante qui entre dans le cabinet de son médecin pour des maux de tête et apprend qu'elle est en train de mourir d'un cancer métastatique agressif, une réponse à une question qu'elle n'a jamais posée. Les femmes disent au revoir aux groupes

Facebook, aux listes de diffusion et aux forums, ou bien ce sont leurs compagnons/compagnes qui le font pour elles. Les femmes savent quand elles vont mourir, et c'est toujours trop tôt. Certaines feront tout pour vivre et en mourront.

Celles-ci ne sont pas les mortes méritantes. Les voitures de police à ruban rose et les menottes roses et les vêtements roses à message et les balles de ping-pong roses et les bouteilles d'eau en plastique rose et les révolvers roses ne devraient pas être confondus avec un progrès que *déçoivent* les femmes qui meurent. Ces rubans roses ornent les objets et les procédés qui tuent des gens. Il n'y a pas de traitement et il n'y en a jamais eu.

Aux États-Unis, plus de quarante mille personnes meurent d'un cancer du sein chaque année : c'est-à-dire qu'une femme meurt d'un cancer du sein toutes les treize minutes. Si la chimiothérapie est lancée trop tard, que ce n'est pas le bon protocole ou qu'il est inefficace pour une raison quelconque, le triple négatif – le cancer que j'avais – quitte le sein rapidement, galope à travers le corps et s'épanouit dans ses parties molles : cerveau, poumons, foie. Il devient alors impossible de respirer, vivre, penser.

Bien sûr, beaucoup de gens ignorent qu'il existe *des* cancers du sein, au pluriel, quelles sont les différences, que toute personne possédant des tissus mammaires peut avoir un cancer du sein, homme, femme et personne non binaire, cis ou trans, jeune ou vieille, en bonne santé ou infirme, hétéro ou queer. Il n'existe pas de bon cancer, mais celles qui ont le plus courant, le cancer du sein hormonodépendant, peuvent généralement prendre du tamoxifène, manger du soja, regarder vers l'avenir, répéter à qui mieux mieux sur les forums qu'« au moins je ne suis pas triple négatif », au point que j'ai fini par ne plus avoir la force de les consulter. Et même si la plupart des personnes avec un cancer en phase quatre en mourront très probablement, celles qui sont atteintes d'un cancer hormonodépendant savent que s'il métastase, il y a une chance pour qu'il le fasse lentement, choisissant de commencer par envahir la matière dure et résistante de leurs os, leur permettant de vivre un peu plus longtemps.

En toute probabilité, les femmes qui discutent sur les forums et qui sont en phase quatre d'un cancer triple négatif ne pensent pas en années. Elles postent sur la multiplication rapide de leurs cellules basales, des points blancs dans leur cerveau. D'autres postent pour dire qu'elles ont peur des vertiges, d'un rhume qui n'en finit pas, du est-ce-que-c'est-un-effet-des-troubles-cognitifs-dus-à-la-chimio-ou-est-ce-que-c'est-une-tumeur-au-cerveau, d'aller travailler avec des doigts sans terminaisons nerveuses qui n'arrivent pas à taper sur un clavier ni à tenir un stylo. Le triple négatif touche un nombre disproportionné de femmes noires, et j'ai l'impression qu'à cause du racisme institutionnel qui ronge la médecine, c'est le dernier cancer du sein à ne pas avoir de traitement ciblé. Il touche aussi un nombre disproportionné de jeunes femmes et semble suivre la logique que plus un corps est sain, plus le cancer sera agressif et mortel. « La bonne nouvelle, m'a dit l'oncologue quand il m'a parlé pour la première fois de cette pathologie, c'est qu'au moins, il y a une chimio. » La mort de ces femmes est raciste et inutile, et notre chagrin devrait ouvrir un gouffre sous nos pieds.

Sur les forums, pour les femmes qui vivent, celles qui meurent deviennent des « anges ». La vie de certaines femmes suit de près une autre série de chiffres terribles : durant le traitement, mais surtout après, ces femmes se retrouvent abandonnées, divorcées, trompées, maltraitées, handicapées ou virées. La pauvreté et les ruptures amoureuses prennent toutes les deux des formes iatrogènes : c'est le traitement médical et non la maladie qui semble en être la cause. Sur les réseaux sociaux, les récits de mort d'une maladie que beaucoup de gens croient guérissable s'insinuent dans ceux de survivantes du cancer du sein qui sont abandonnées et appauvries, au chômage, avec des lésions cérébrales et des douleurs. Ils s'insinuent aussi dans les posts de mes amis et connaissances, dans leurs débats politiques, leurs scandales littéraires et leurs opinions bien informées, et s'insinuent aussi dans l'actualité sur la violence policière, le désespoir climatique, les manifestations.

Durant l'été qui a suivi mon traitement, j'ai rejoint une liste de diffusion où des patientes du monde entier se soutenaient face aux effets indésirables d'une molécule de nos thérapies. Nous parlions de la formidable satisfaction d'avoir persuadé la FDA de publier une mise en garde contre ce médicament, et une fois la bataille juridique lancée, nous nous sommes demandé si le laboratoire pharmaceutique mentait sur ses efforts. Nous nous moquions des pubs pour les avocats charognards qui passaient sur les chaînes publiques. « Le cas le plus flagrant de défaut d'information dans l'histoire de l'industrie pharmaceutique », voilà ce que m'a dit l'avocat que je ne me suis jamais résolue à mandater pour un procès dans lequel je n'avais pas l'énergie de me lancer. Plusieurs mois après mon traitement, quand j'ai appris que moi aussi je souffrirais pour le restant de mes jours des effets secondaires jusque-là tenus secrets de ce médicament, je n'ai pas pu supporter de consacrer ma survie à un procès. Quand j'ai enfin trouvé la force d'appeler pour savoir à quel lot appartenait le médicament qu'on m'avait administré, l'affaire était devenue publique et je ne pouvais plus avoir accès à mon dossier. Je ne saurai jamais si ces deux choses sont liées. Des années plus tard, même si je n'ai pas fait partie des plaignantes, j'ai appris que les avocats du laboratoire pharmaceutique avaient voulu présenter à la cour des informations issues de ma messagerie électronique, simplement parce que j'avais participé au groupe de soutien. J'ai dû trouver un avocat pour tenter de ne pas être mêlée au procès contre ma volonté, et même si je ne voulais pas du cancer ni du médicament ni des conséquences à vie du médicament, j'ai bien cru que le contrecoup du contrecoup du traitement contre le cancer n'en finirait jamais. Une association à but non lucratif spécialisée dans la protection des consommateurs m'a aidée, mais j'ai l'impression que – comme le cancer – la menace que représente le laboratoire pharmaceutique ne cessera jamais de planer sur moi, prête à frapper.

Trop de femmes de mon entourage disent qu'elles auraient aimé pouvoir choisir de mourir de leur cancer plutôt que de suivre un traitement aux répercussions handicapantes et débilitantes. Cette éternité de nos vies abîmées-par-le-profit-et-les-médicaments leur devient insupportable. Mais c'est un faux dilemme. Pour ce qui est de ce médicament précis, il semble qu'il ait existé des alternatives tout aussi efficaces et moins risquées du côté des séquelles irréversibles, mais le médicament qui nous a traitées et fait du mal était apparemment le choix le plus profitable pour quelqu'un d'autre. Des femmes postent également des lettres de suicide où elles disent qu'elles ne peuvent plus continuer à vivre. Ces mails se mêlent au reste, à ceux du travail, des marques de cosmétique et des éditeurs, une tristesse déchirante voguant sur le même plan que l'information.

Vous comprendrez, j'espère, que pour toutes ces raisons, chaque ruban rose ressemble au drapeau du conquérant planté sur la tombe d'une femme.

Dans une vidéo intitulée « Je suis morte = (» et enregistrée quelques jours avant sa mort d'un cancer du sein triple négatif, la vlogueuse Coopdizzle, qui se présentait comme mère et épouse, dit : « Avoir un cancer vous ouvre vraiment les yeux. » Je découvre Coopdizzle suite à un commentaire qu'elle a laissé sous la vidéo d'une autre femme atteinte d'un cancer triple négatif, Christina Newman, dont j'ai commencé à regarder les vidéos après mon diagnostic.

Dans une vidéo de 2011 intitulée « Quand j'ai refusé la chimio et les rayons », Christina Newman explique pourquoi elle a décidé d'essayer de se soigner en changeant de régime alimentaire. C'est sous cette vidéo que Coopdizzle déclare que l'histoire de Christina Newman l'a poussée à choisir le traitement médical standard. Après ça, je me mets à suivre les vidéos de Coopdizzle parce que l'histoire de Christina Newman a eu le même effet sur moi. C'est à cause de Christina que je continue d'aller en chimiothérapie même si je n'en ai pas envie. Après cette tentative infructueuse de soigner son cancer par un régime, Christina Newman se tourne finalement vers la chimiothérapie et annonce à tous qu'il ne faut pas faire comme elle au début de sa maladie.

Newman a appris que son cancer s'étendait par une série de révélations de plus en plus douloureuses. Elle raconte qu'elle a commencé à se sentir mal et a eu beau insister auprès de ses médecins pour dire que quelque chose n'allait pas, ils n'y ont pas prêté attention, persuadés qu'elle se plaignait simplement des effets du traitement, et n'ont pas vu qu'elle était enceinte. Souffrant d'une pré-éclampsie, elle a accouché en urgence d'une petite fille, Ava. Alors que ce problème-là n'était toujours pas résolu, Christina a continué de se plaindre, mais une fois de plus, les médecins ne l'ont pas écoutée, affirmant désormais que ses symptômes étaient dus aux suites de l'accouchement. D'après Newman, ils ne pensaient pas trouver quoi que ce soit, jusqu'à ce qu'ils trouvent quelque chose. Ils ont fini par découvrir que les cellules agressives de son cancer triple négatif proliféraient dans son foie et qu'elle était mourante, un nourrisson à sa charge. Sous la vidéo où Christina Newman annonce sa décision de refuser la chimiothérapie – première scène d'une histoire qui s'est transformée en un enchaînement d'événements cauchemardesques –, quelqu'un a écrit : « À vous tous, les escrocs de la guérison par les plantes et de la médicine naturelle alternative, VOILÀ ce qui arrive quand vous balancez toutes vos conneries. »

Dans la vidéo intitulée « Fin du vlog familial QUOTIDIEN. Les nouvelles sont mauvaises #72 », le compagnon de Christina dit : « Elle n'est pas prête à baisser les bras. Elle ne veut pas baisser les bras. » C'est le dernier post de Christina. Je me souviens d'avoir vu cette vidéo durant les premières semaines de mon traitement, dévastée par ce qui arrivait à cette femme et terrifiée par ce qui m'attendait. À ce moment-là, Christina était encore en vie, assise à côté de son compagnon, un tube l'alimentant en oxygène, à peine capable de parler, le visage gonflé par les stéroïdes. C'est la dernière fois que les autres abonnés et moi l'avons vue. Les vidéos suivantes ont été réalisées par une amie qui décrit les dernières heures de vie de Christina, sa folle envie de continuer à poster des vidéos sur YouTube, son air bouleversé quand le prêtre lui a porté l'extrême-onction, et après ça, les heures difficiles jusqu'à sa mort.

Sur la page YouTube de Christina, quelqu'un la félicite pour le nombre de ses *followers*, elle qui n'est plus. Un commentateur appelé Tommy Rockett propose : « Bonjour Christina, vous devriez essayer les noyaux d'abricot, faites des recherches si vous n'êtes pas sûre mais je suis persuadé qu'il n'y a rien de plus efficace », et un autre appelé Vermillion J écrit : « S'il vous plaît allez voir RICK SIMPSON et son HUILE DE CHANVRE.

Beaucoup de gens ont prouvé que cette huile a guéri leur cancer en quelques mois. Regardez le film sur YouTube “Run From The Cure”. » Charlie R écrit : « Est-ce que je peux vous suggérer quelque chose ? Le cancer ne peut vivre que dans un environnement au pH faible. Vous devriez boire de l’eau alcaline, comme elle a un pH élevé, ça pourrait beaucoup vous aider », et l’utilisateur bluewaterrider écrit : « Christina. S’il vous plaît, tapez UC Télevision Vitmaine D cancer dans la barre de recherche de YouTube. Regardez les vidéos. 75 % de réduction du taux de mortalité dans certains cas. Obtenez un 2e avis, aussi. Les médecins ne s’y connaissent PAS tous de la même manière et tous ne vous donneront pas les conseils dont vous avez besoin. Si vous êtes VRAIMENT disciplinée, renseignez-vous sur le régime cétogène. » Un commentateur du nom de gmasters écrit : « Vous devriez vraiment vous renseigner et envisager un jeûne sec ou la thérapie par l’urine. On sait que ces méthodes ont guéri des enfants de leur cancer. »

Je n'ai jamais vu de vrai ruban rose dans le contexte du cancer du sein. Je n'ai vu ni soie ni gros-grain, uniquement des représentations de rubans roses faits d'autre chose, apposées sur autre chose : l'énorme dessin à la craie d'un ruban rose dans un parking, l'autocollant d'un ruban rose sur la vitrine d'un concessionnaire auto, des ceintures d'arts martiaux teintes et pliées en forme de ruban dans le bureau de la chirurgienne, des guirlandes roses en forme de ruban sur un sapin de Noël argenté, des rubans imprimés sur des T-shirts et des chaussettes, des rubans peints à l'aérographe sur les ailes d'un véhicule de police et sur des bennes à ordures, des rubans en émail accrochés à des chaînes en argent.

Certains attribuent la création du premier ruban – un vrai, en tissu – à l'activiste Charlotte Haley en 1990, Haley dont la grand-mère, la sœur et la fille ont toutes eu un cancer du sein. D'après la Breast Cancer Action : « Elle accompagnait chaque paquet de cinq rubans d'une carte postale qui disait : "Le budget annuel du National Cancer Institute s'élève à 1,8 milliard de dollars dont seulement cinq pour cent sont reversés à la prévention contre le cancer. Aidez-nous à réveiller les législateurs et l'Amérique en portant ce ruban." Haley distribuait ces cartes partout où elle le pouvait sans exiger le moindre centime en échange, et le bouche-à-oreille lui a permis d'étendre son action[13]. »

L'histoire désormais bien connue raconte que lorsque le magazine *Self* et l'entreprise Estée Lauder l'ont approchée pour monter un partenariat, Haley a refusé en disant qu'ils étaient trop commerciaux. Mais le refus de Haley n'a pas arrêté les gens d'Estée Lauder qui, conseillés par leur équipe de juristes, ont fait passer le ruban d'un rose pêche à un rose classique et en ont distribué plus d'un million à l'automne 1992. En 1993, Avon, Estée Lauder et la fondation Susan G. Komen pour la lutte contre le cancer du sein vendaient tous des produits estampillés du ruban rose. En 1996, le cancer du sein devenait une cause ayant « le vent en poupe » pour les fondations d'entreprise[14].

Sur la page YouTube de Coopdizzle, on trouve une vidéo en lecture automatique de son fils en train de rire. Dans la description, Coopdizzle a écrit : « Ne faites pas attention, c'est juste Kayden qui fait l'andouille. J'avais besoin de libérer de l'espace sur mon iPod lol. » Elle enchaîne avec un message où elle demande à ceux qui la regardent d'arrêter de lui suggérer des traitements. « Cette partie de mon voyage, écrit-elle, est mon ultime voyage. »

Coopdizzle, qui avait une trentaine d'années quand elle est morte, a appris qu'elle avait un cancer triple négatif la même année que moi, en 2014. J'ai commencé à la suivre dans les premières semaines de ma maladie. Nos diagnostics et nos protocoles de soin étaient identiques : chimiothérapie néoadjuvante, puis chirurgie. Mon traitement a fonctionné, pas le sien, et il n'y a aucun moyen de savoir pourquoi ni comment. Diagnostiquée en mars 2014, elle découvre en mai 2015 qu'elle fait une rechute. Elle meurt en décembre 2016 et a passé les derniers mois de sa vie engagée dans la lutte contre le cancer du sein métastatique, a écrit sur ce qu'elle vivait, s'est exprimée dans les médias, a organisé des actions collectives avec d'autres malades, fait du lobbying, entre autres choses pour le droit de mourir dans la dignité, contre une culture du ruban rose et de la « sensibilisation » au cancer du sein qui fait son beurre sur la souffrance constante des malades.

L'activisme de Coopdizzle lui survit, notamment dans ce post public qui est épinglé en haut de sa page Facebook.

Tout d'abord, ce n'est pas le RUBAN, le problème. Le problème, c'est Komen. Le fait que quand la VRAIE Susan est morte de son cancer du sein métastatique, sa sœur a dit qu'elle aiderait à trouver un traitement. 30 ans plus tard, la situation n'a pas évolué, elle aurait même un peu empiré. SGK ne reverse qu'une infime partie de l'argent à la recherche sur le cancer en phase terminale. Ils nous cachent sous le tapis et font comme si nous n'existions pas. Ils profitent de nos dons et ont de grandes demeures et de très belles voitures.

Susan G. Komen for the Cure, la plus importante fondation au monde dédiée au cancer du sein, a été lancée en 1982, et d'après ses états financiers, elle a levé près de 211 millions de dollars destinés à la sensibilisation au cancer du sein ainsi qu'à la recherche en 2016 et a collecté 956 millions de dollars à ce jour. Et si Komen for the Cure sponsorise la célèbre course caritative Race for the Cure, elle a également mené une campagne de communication vigoureuse contre les activistes qui la critiquaient.

Komen for the Cure raconte une autre histoire sur l'apparition du ruban rose. Dans cette version, appelée « L'histoire du ruban rose » : « Susan G. Komen for the Cure® utilise la couleur rose depuis sa création en 1982. Le premier logo de la Komen Race for the Cure® était un ruban rose dessinant la silhouette abstraite d'une coureuse et a été utilisé du milieu des années 80 jusqu'au début des années 90. » D'après Komen, *Self* et Estée Lauder ont rejoint la fondation en 1992. Les rubans rose pêche de Charlotte Haley n'ont pas leur place dans ce récit[15].

La fondation Komen s'est une fois associée avec KFC pour vendre des « Buckets for the Cure », de grands seaux roses remplis de poulet frit. En 2011, la fondation Komen a aussi créé un parfum appelé « Promise Me » pour la chaîne de télé-achat Home Shopping Network, dont la Breast Cancer Action a montré qu'une partie de ses composés tels la coumarine, l'oxybenzone, le toluène et le galaxolide étaient potentiellement cancérigènes. Komen a accepté de revoir sa formule, mais a nié que le parfum contenait des produits dangereux[16]. Au cours du premier octobre rose de 2014, après notre diagnostic à Coopdizzle et moi, la PDG de Komen, Judith Salerno, a reçu un salaire de 420 000 dollars. Toujours en 2014, la Baker Hughes Corporation a conclu un partenariat avec Komen pour produire mille trépans couleur rose-cancer-du-sein utilisés dans la fracturation hydraulique. Comme l'a dit Karuna Jagger, la présidente de Breast Cancer Action : « Quand les générations futures devront choisir entre une eau potable saine et développer un cancer du sein, elles pourront regarder en arrière et remercier Baker Hughes et Susan G. Komen[17]. »

Sur la page Facebook de Coopdizzle, son compagnon décrit son chemin vers la mort : « Je le sens – son désir brûlant de vivre, tout simplement. Je voudrais tellement lui offrir ça. Si seulement je pouvais. Si seulement je pouvais. »

« C'est un lieu effrayant, le pays du cancer », a écrit Coopdizzle un jour.

Nelene Fox, une enseignante californienne, a appris qu'elle était atteinte d'un cancer du sein en 1991, à l'âge de quarante ans. Elle a demandé à sa compagnie d'assurance de prendre en charge les frais de ce qui ressemblait à un nouveau traitement prometteur – une greffe de moelle osseuse associée à une chimiothérapie à haute dose. La compagnie a refusé. Nelene a réussi à lever des fonds pour payer le traitement, mais elle est morte deux ans après son diagnostic. Son frère a poursuivi la compagnie d'assurance en justice, et la famille Fox a reçu 89 millions de dollars en dommages et intérêts[18]. Quatre-vingt-six autres procès ont été intentés et quarante-sept ont abouti. Regonflées par le succès de l'activisme d'AIDS, des femmes souffrant d'un cancer du sein se sont lancées dans un lobbying agressif pour avoir accès à ce nouveau traitement. Les hôpitaux facturaient entre 80 000 et 100 000 dollars cette procédure qui leur coûtait moins de 60 000, ce qui en faisait une opération très rentable. Malgré leurs réticences, les assurances ont fini par accepter de payer et 41 000 patientes ont suivi ce protocole.

Optimistes, chercheurs, médecins et patientes ont affirmé qu'ils tenaient peut-être enfin le remède au cancer du sein, propos largement repris dans les médias. C'était un traitement long et douloureux qui impliquait d'isoler les patientes dans des chambres d'hôpital pendant plusieurs jours. Les effets secondaires comprenaient un risque de septicémie, de cystite hémorragique, de trouble de la moelle épinière, d'insuffisance pulmonaire, d'occlusion veineuse, d'insuffisance cardiaque, de toxicité cardiaque, de leucémie myéloïde aiguë ou de syndrome myélodisplastique, de néphrotoxicité, de troubles psychosexuels, et de susceptibilité accrue aux infections opportunistes pendant la première année de traitement. Selon certaines estimations, une femme sur cinq est morte du traitement[19].

La seule étude offrant des résultats concluants avec ce traitement a été menée en Afrique du Sud par le Dr Werner Bezwoda. Quand des chercheurs américains ont dupliqué la procédure de Bezwoda sur six femmes, quatre en sont sorties avec de lourds problèmes cardiaques. Pour deux d'entre elles, ces problèmes ont été fatals. Une autre est tout de suite morte du cancer du sein. La quatrième a survécu, mais avec un handicap. En fait, cette étude était frauduleuse ainsi que Bezwoda l'a reconnu plus tard[20]. Plus de 40 000 femmes ont enduré un traitement cher, débilitant et potentiellement mortel qui n'était qu'un mensonge basé sur d'autres mensonges. Il n'existe toujours pas de traitement contre le cancer du sein métastatique.

En 2014, l'année de mon diagnostic, on a estimé que 3 327 552 personnes souffraient d'un cancer du sein aux États-Unis. En 2019, l'année où je termine l'écriture de ce livre, on estime qu'on diagnostiquera un cancer du sein à 271 270 nouvelles personnes et que 42 260 en mourront. Aux États-Unis, le taux de mortalité dû au cancer du sein a augmenté lentement jusqu'en 1975, est resté stable jusqu'en 1989, puis s'est mis à baisser, sauf pour les patientes de moins de cinquante ans chez qui le taux de mortalité est à peu près le même depuis 2007.

Mourir de la panoplie de maladies qu'on appelle « cancer du sein » dépend de facteurs liés aux revenus, à l'éducation, au genre, à la situation familiale, à la couverture santé, à l'âge et à la race. Les femmes noires sont les moins diagnostiquées et celles qui meurent le plus. Les femmes qui ne sont pas mariées courent elles aussi plus de risques de mourir de leur cancer du sein et de recevoir un traitement inadéquat. Les patientes qui vivent dans un quartier pauvre ont un taux de survie moins élevé que les autres à chaque étape du diagnostic. Alors que j'écris ces lignes, certaines personnes atteintes d'un cancer du sein comme les personnes transgenres ou les parents célibataires n'ont toujours pas de catégorie épidémiologique correspondant à leur cas.

Il s'agit là de statistiques qui ne recouvrent pas toujours des vérités. Il est en fait difficile de se faire une idée de l'étendue du cancer du sein ou de la fiabilité des chiffres disponibles. Non seulement parce que les récits épidémiologiques autour du cancer du sein sont parfois motivés par des questions de profits et de communication – il arrive par exemple que les organisations caritatives se servent des chiffres pour montrer le progrès médical sous un jour optimiste – mais aussi parce que les technologies de surveillance ont découvert de plus en plus de signes physiologiques qui ont été interprétés comme cancéreux quand ils ne l'étaient pas. Il n'y a aucun moyen de savoir combien de personnes ont cru avoir un cancer du sein alors que leur problème était bénin et ne menaçait pas leur existence. La bonne nouvelle, c'est que depuis quelques années, les chercheurs et les oncologues se penchent sérieusement sur l'épineuse question du surdiagnostic des cancers du sein, du surtraitement et des effets invalidants que cela a sur la vie des gens.

Quand un diagnostic de CCIS est posé – une maladie que certains appellent « cancer du sein in situ » et qui concerne environ 63 960 personnes –, les gens racontent souvent que le médecin leur a expliqué que leurs seins étaient des « bombes à retardement ». Des patientes atteintes d'un CCIS optent alors pour une mastectomie ou d'autres formes de traitement agressif et cher. Le souci est que ces patientes ne semblent pas plus susceptibles de développer un cancer que les autres. Le corps est composé de cellules, pas de bombes à retardement, mais il n'existe pas d'industrie pesant des milliards de dollars pour nous le rappeler.

En octobre 2016, une étude publiée dans le *New England Journal of Medicine* a confirmé les résultats de travaux précédents sur le surtraitement du cancer du sein, ce qui a conduit le *Los Angeles Times* à déclarer que la majorité des femmes diagnostiquées suite à une mammographie recevaient des soins inutiles. Contrairement à ce que l'on disait, la détection précoce ne sauverait pas de vies, mais aurait plutôt tendance à les endommager, coûterait des milliards de dollars et laisserait de graves séquelles. La spécialiste du cancer du sein de UCLA, le Dr Patricia Ganz, explique : « Si on continue comme ça, on va exposer beaucoup de gens à un traitement dont ils n'ont pas besoin, ou qu'ils n'ont pas les moyens de payer[21]. »

Des millions de personnes ont un cancer du sein sauf quand elles n'en ont pas ; beaucoup d'autres se voient comme des survivantes alors que des études montrent qu'elles ont plutôt été victimes de la surveillance médicale ; la surveillance est nocive, l'absence de surveillance est nocive ; les chercheurs faussent les guérisons, les patientes faussent les cancers, et les médecins de même. « Et si tout ce que votre médecin vous a dit sur le cancer était faux ? » interrogeait un gros titre de *Mother Jones*[22].

La chimiothérapie n'aurait très certainement pas pu guérir le cancer de la romancière Kathy Acker, mais cette dernière n'avait aucun moyen de le savoir quand elle a refusé la chimiothérapie en 1996. Ou disons plutôt qu'elle n'avait pas de moyen rationnel de le savoir. Mais elle le devinait autrement. « Je vis comme je crois et je crois que la croyance est égale au corps », a écrit Acker dans « The Gift of Disease »[23].

Mais certains de ses amis – et malgré l'absence de preuves – ont l'air persuadés que sa décision de renoncer à la chimiothérapie a causé sa mort. Qu'Acker « ait voulu » mourir ou soit responsable d'une façon ou d'une autre de sa propre mort est une des contrevérités qui ont la vie dure et qui circulent sur le cancer du sein. Dans son livre *La Gentrification des esprits,* Sarah Schulman écrit qu'Acker est morte « suite à de mauvaises décisions concernant son traitement du cancer du sein[24]. » Dans un texte racontant la mort d'Acker et publié dans le magazine *Hazlitt*, Ira Silverberg a prétendu qu'il « ne faisait aucun doute qu'elle voulait mourir » et que « c'était sa stratégie de repli[25] ».

Acker n'a pas seulement, ainsi qu'il est écrit dans le *Financial Times*, « refusé la chimiothérapie parce que ses thérapeutes de la médecine alternative lui ont assuré que son cancer était parti[26] ». Elle a refusé la chimiothérapie pour une série de raisons complexes, dont la peur de la chimiothérapie, le coût du traitement et le fait que, d'après son médecin, la chimiothérapie ne diminuerait ses chances de rechute que de vingt pour cent. Si Acker avait accepté l'une des chimiothérapies disponibles en 1996, elle aurait sans doute passé les derniers mois de sa vie avec : les yeux secs et irrités, des lésions cutanées, des fissures anales, des lésions buccales, des saignements de nez, des muscles atrophiés, des nerfs morts, les dents abîmées, plus de cheveux ni de système immunitaire, le cerveau trop atteint pour écrire, des vomissements, des pertes de mémoire et de vocabulaire, une fatigue intense. Ce sont les effets secondaires les plus communs, mais il y en a d'autres, dont les caillots de sang, l'insuffisance cardiaque et une leucémie provoquée par la chimio – sans oublier le risque de contracter une pneumonie mortelle et des infections nosocomiales à l'hôpital. Acker aurait sûrement dû endurer tout ou partie de ces problèmes tout en endurant un torrent de symptômes liés au cancer lui-même.

Son cancer s'étant rapidement étendu à son foie ainsi qu'à ses poumons, et son médecin ne lui ayant pas proposé l'option du tamoxifène déjà disponible à l'époque, on peut conclure sans trop s'avancer qu'elle était atteinte d'un cancer non hormonodépendant, soit ce qu'on appelle aujourd'hui un triple négatif, soit le cancer qui avait le pire pronostic en ce temps-là, à savoir un cancer Her2 non hormonodépendant. J'ai repris les probabilités de survie qui lui ont été données par son médecin ainsi que la description qu'elle fait de son diagnostic, et j'ai entré les statistiques de sa maladie dans LifeMath, le calculateur de pronostics que j'utilise pour prendre des décisions quant à mes propres traitements. Un cancer comme celui d'Acker, qui l'a tuée en dix-huit mois, avait un taux de mortalité comparable, au cours des deux premières années, que la patiente fasse une chimiothérapie ou pas. D'après les chiffres, cinq personnes sur cent atteintes de ce type de cancer mourront dans les deux ans avec la chimio ; environ le même nombre mourra sans. Certaines études suggèrent que cette première phase de chimiothérapie peut accélérer les cancers agressifs comme le sien, introduisant la possibilité qu'un traitement aurait peut-être même pu accélérer sa mort. Il n'existait pas de remède à l'époque. Il n'en existe pas aujourd'hui. En décidant de vivre selon ses valeurs, Acker a fait ce qu'il y avait de mieux à faire.

Peut-être que les futurs historiens de la médecine regarderont la chimiothérapie avec la même curiosité perplexe que le font ceux d'aujourd'hui face aux pratiques médicales ordinaires d'antan comme la saignée – puisque non seulement nous empoisonnons gravement les gens en essayant de les soigner, mais que même quand la chimiothérapie n'est pas recommandée, ne marche pas et entraîne la mort, des séquelles et du handicap, les patientes atteintes d'un cancer du sein continuent de vouloir la suivre. Quand il n'est pas motivé par le profit, ce surtraitement semble résulter d'une superstition plutôt que de la science, et ce désir irrationnel pour la chimiothérapie ne naît pas uniquement dans l'entourage aimant d'une patiente, comme ça a été le cas pour Acker. Il arrive de le trouver aussi chez les patientes elles-mêmes. Certaines acceptent la chimiothérapie par peur, convention, désinformation, ou sous l'effet de la pression sociale, alors qu'elle n'a pas d'utilité médicale dans ces circonstances et qu'aucun argument scientifique ne la conforte. À croire que le monde est captivé par les rites impies de la salle de perfusion et le drame sentimental de femmes affaiblies qui perdent leurs cheveux et voient leurs muscles fondre. La chimiothérapie est si ensorcelante culturellement que les gens qui n'ont pas de cancer se servent du refus de chimio comme d'un prétexte pour abandonner la personne souffrante : « J'ai perdu beaucoup d'amis qui ne supportaient pas de regarder », dit Acker[27].

Plutôt que d'opter pour la mort douloureuse que lui proposait la médecine existante, Kathy Acker a fait ce qu'elle a dit vouloir faire du reste de sa vie après le diagnostic : vivre. Un refus peut vous isoler : la pression sociale pour obéir à la médecine, dans une maladie genrée comme le cancer du sein, est brutale. Comme l'a écrit Acker : « Beaucoup d'amis m'ont appelée en pleurs et en me hurlant dessus parce que je n'allais pas faire la chimiothérapie[28]. » Même si absolument tout semble disposé à tuer une femme avant même qu'elle meure pour de bon, Kathy Acker a choisi de ne pas suivre cette voie. Elle a attendu la mort jusqu'à ce qu'elle soit irréfutable, et même à ce moment-là, à en croire ses amis, elle a essayé, ne serait-ce que pour faire bonne mesure, de la refuser[29]. Le cancer du sein a tué Kathy Acker. Kathy Acker n'a pas tué Kathy Acker.

Le cancer tue des gens, de même que le traitement, de même que l'absence de traitement, et les croyances et les sentiments des gens n'ont rien à voir avec ça. Je pourrais n'avoir que les bonnes idées, faire montre de toutes les vertus, faire toutes les bonnes actions possibles et imaginables, obéir à tous les ordres institutionnels et mourir quand même d'un cancer du sein ; je pourrais aussi croire et faire les pires choses, et mourir quand même.

Mourir d'un cancer du sein n'est pas la preuve d'une faiblesse ou d'un manquement moral chez la personne décédée. Le manquement moral du cancer du sein n'est pas chez celles qui en meurent : il est dans le monde qui les rend malades, dans la faillite qu'il faut déclarer après avoir payé un traitement qui lui aussi les rend malades, et puis, quand le traitement échoue, dans ce qui les accuse de leur propre mort.

Coopdizzle est décédée à l'âge de trente-quatre ans et a inscrit l'avertissement suivant dans le coin de sa vidéo posthume sur YouTube : « S'il vous plaît, ne dites pas que j'ai perdu mon combat. »

Audre Lorde a elle aussi refusé la chimiothérapie et, dix ans avant le diagnostic d'Acker, elle a écrit :

> Je me mets en garde : ne fais même pas semblant de ne pas dire non haut et fort et souvent, même symboliquement. Parce que dans la vie, les choix qu'on nous soumet ne sont jamais aussi simples ou évidents que dans les fables. Survivre, ce n'est jamais : « Faites exactement ce qu'on vous dit et vous vivrez. Ne le faites pas et ça sera la mort assurée. » Quoi qu'en dise le médecin, ce n'est pas comme ça que ça marche[30].

4.

Maintenant que je fais partie de celles qui ne meurent pas, le monde dévoile toutes ses possibilités. Je pourrais écrire un livre où rien n'est exclu, ou écrire une œuvre littéraire impénétrable dans laquelle se dessinerait l'ombre de tout ce qui est absent, ou dans laquelle ne seraient montrées que les conséquences de toutes choses. Rien ne serait absent de ce livre dans lequel rien ne serait interdit : pas le monde matériel ni toutes ses relations semi-matérielles. Nous ne connaissons que rarement l'origine des choses du monde et nous n'avons souvent pas d'autre solution que d'imaginer leur généalogie. Abandonnés par la cause, nous en sommes réduits à devoir deviner les effets, perdus dans nos conjectures, la vérité nous abandonne à son tour pour ne nous laisser que l'erreur. Si nous avons droit à la métaphysique, nous ne l'avons jamais vraiment voulue.

Karl Marx a écrit : « Tout ce qui est solide se dissout dans l'air », ce qui est vrai, comme il est vrai que l'air devient, dans une version tardive de ces mêmes conditions, trop pollué pour être respirable. Nous imaginons que cet air pourrait nous tomber dessus sous forme de pluie et puisqu'il est aussi en nous, il s'écoule de notre corps sous forme de larmes, de sueur et d'urine. Respirer, c'est remettre l'abstrait dans ce qui est tellement tangible que notre forme en est modifiée, au moins un peu. Puis il se dissipe une fois de plus, sans que nous sachions jamais en quoi. Maintenant que j'appartiens à la catégorie de Celles qui ne Meurent Pas, plutôt que l'âme immortelle, je vais tenter de faire advenir une substance immortelle, de reconcrétiser l'atmosphérique en nouvelle preuve.

Les mêmes technologies de pensée que les humains utilisaient autrefois pour comprendre notre âme servent désormais à comprendre une figurine de Bébé Shrek dans un magasin « tout à un dollar ». Le monde humain n'a jamais eu besoin d'un instrument si vaste.

Dans le temple des larmes de Giuletta Masina

Aussi, pendant que ladite créature était occupée à l'écriture de ce traité, maintes larmes saintes et bien des pleurs sortaient d'elle, et souvent jaillissait une flamme de feu de son sein, brûlante et délectable…

Le Livre de Margery Kempe, 1501.

1.

Avant de tomber malade, je dessinais les plans d'un lieu public où l'on pourrait pleurer, espérant faire construire dans les grandes villes un monument quasi religieux où toutes celles et ceux qui en auraient besoin pourraient se rassembler afin de pleurer en bonne compagnie et avec l'équipement adéquat. Il ferait penser au tabernacle de Dieu dans le livre de l'Exode, une architecture minutieusement pensée pour la tristesse partagée : des gargouilles en sueurs nocturnes, des moulures en minutes interminables, des poutres en *J'en-peux-plus-mais-je-continue.* Je l'appellerais *Le Temple des larmes de Giuletta Masina* d'après l'actrice italienne qui joue Cabiria, une prostituée vieillissante dans le film de Fellini et qui pleure quand elle est entraînée dans un défilé de jeunes gens après que son vrai-faux amour, Giorgio, a tenté de la pousser du haut d'une falaise pour lui voler son argent. Les murs du temple projetteraient Masina en Cabiria dont les pleurs ressemblent presque à un sourire ; il y aurait un fond sonore qui tournerait en boucle avec la voix de

Judy Garland chantant « Over the Rainbow ». Alors que je concevais ce temple, je me suis souvenue de ces gens qui détestent ceux qu'ils traitent de *pleurnicheurs*, que ça les mettrait peut-être en rage, un lieu public où des inconnus en larmes se réuniraient *en masse** pour pleurer sur tout et n'importe quoi. Écarter ce danger potentiel faisait partie du problème formel : comment créer un espace à la fois singulier et commun pour l'expression physique du chagrin, un lieu qui expose confortablement la souffrance comme étant une émotion partagée tout en garantissant une protection contre les réactionnaires anti-tristesse. Cela aurait été incroyable de piéger dans leur propre représentation de l'enfer ceux qui imposent une souffrance supplémentaire à des gens déjà en souffrance, tout en offrant aux personnes en souffrance le confort exquis d'un abreuvoir en marbre, public et majestueux, où collectiviser leurs larmes. Mais je n'ai jamais concrétisé le projet. Plus tard, pendant ma maladie, une des molécules de ma chimiothérapie avait pour effet secondaire de me faire pleurer sans arrêt, les larmes coulaient de mes yeux contre mon gré, quoi que je ressente, où que je me trouve. J'ai appelé ça *la saison des pleurs cartésiens* – les mois au cours desquels la tristesse de mon corps a négligé les tentatives de mon esprit de me convaincre que j'allais bien – et j'ai pleuré à chaque minute, que je sois triste ou pas, mon moi devenu un monument aux larmes ambulant et gêné. Je n'avais plus besoin de construire de temple où pleurer, j'en avais été un. J'ai toujours détesté voir les gens souffrir seuls.

2.

Comme si la douleur était le contraire de la beauté, j'ai parcouru les salles consacrées aux arts décoratifs d'un musée en prenant des notes en vue de transformer les pieds à perfusion du pavillon des cancéreux en chandeliers Beaux-Arts, les poches plastiques de la chimiothérapie en urnes grecques kaléidoscopiques et les pleurs continus et sans émotion d'une patiente en réceptacles lacrymaux ornementaux, en systèmes d'irrigation empoisonnés.

Ceci est un traité sur la douleur composé de notes et de débuts : la semi-littérature d'une éphéméraliste comme monument à la sensation éphémère. Dans ce but, je dresse une liste de sous-titres : *le corps mutilé comme écopoétique, la douleur insupportable comme critique kantienne, dolor plastico, eros-absentia, la démocratie paradoxale de la douleur, une somme des sentiments formels, chaque pietà est la marque d'une mastectomie, efforcement social bionégationné, étiologie de l'épithètique, oncosurréalisme, la suture comme théorie épique, l'illusion somapathétique du printemps –*

Zoonomie ou lois de la vie organique, 1794 :

« la compassion est la douleur que nous éprouvons à la vue de la détresse »

mon journal intime : « malheur perpétuel »
Twitter : « pouvez-vous imaginer un essai sur le mouvement des ruines ? »
Alphonse Daudet *La Doulou, 1888 :*

« ô ma douleur, sois tout pour moi. Les pays dont tu me prives, que mes yeux les trouvent dans toi. Sois ma philosophie, sois ma science. »

Je voulais écrire sur la douleur sans aucune philosophie. Je voulais décrire une éducation en matière de douleur et les usages politiques de cette éducation. Mais en littérature, la douleur exclut surtout la littérature. Et dans la politique telle que nous la connaissons, la douleur se réduit souvent à ce qui nous pousse à supplier qu'on y mette un terme.

Vrai/faux :

1. Dans la philosophie, la douleur est une plume arrachée à un oiseau.

2. Dans la littérature, la douleur est un index imprimé à part.
3. Dans les films, la douleur est un arbre, mais jamais sa hache.

La rumeur court que toute réflexion sur la douleur se niche en deçà de la phénoménologie, mais la phénoménologie s'arrête surtout à un modeste éclat de douleur personnelle et l'essentialise en tout universel. Ainsi, « mon corps » devient « le corps ». La douleur émotionnelle prend le pas sur la douleur physique alors que ça fonctionne dans l'autre sens, comme si ce n'était pas la douleur dans notre corps ou son absence qui déterminait quel genre de journée, d'heure ou de minute nous allons passer, si/comment nous allons travailler, si/comment nous allons respirer, dormir et aimer. Puis ce qui apparaît déjà abstrait s'envole vers plus d'abstraction encore, telle une particule de poussière soumise à un discours fait de poussière.

Être une personne de second ordre en grande souffrance, à ce moment de l'histoire, revient à être une personne qui sent l'intérieur de son corps quand la plupart des gens veulent juste le regarder.

Il y a la douleur d'exposition comme un appareil de radiologie, illuminant les mystères complexes de l'intérieur. Il y a la douleur qui se métaphorise et la douleur lue comme si c'était la référence ultime. Il y a aussi la douleur trash – la douleur libertine qui joue les malades, qui s'apparente davantage à une texture qu'à une image. Et puis il y a la douleur épique d'un traitement.

Si ceci était un ouvrage philosophique, je dirais que le spectacle de la douleur est ce qui nous empêche de la comprendre, que ce que nous voyons de la douleur n'est pas adapté à ce que nous pouvons savoir, qu'un problème dans la compréhension de la douleur à cet instant de l'histoire est l'effet généralisant de la vision,

vision qui sature le marché, mais 1) je ne suis pas philosophe 2) je n'en sais rien, en fait.

La grammaire de base de ma douleur ressemblait à :

Commant les gen font pour tenir le cou les jours enfaim passés moa jai dû mal à le croire m'aime si jai une lempe pour me fair du bien jai pris un advicl jen prendrè d'autre et de la vitamin d faux soleille le monde en feu la nuit derniaire à lor que je dormai d'une douleur si vetrueuse

Vrai/Faux :

1. Si la douleur rend une personne inopérante, elle rend aussi le dictionnaire inopérant.
2. La douleur est un sale amas d'adjectifs.
3. Le moindre mot utilisé pour parler de la douleur appartient à une langue que nous ne comprenons pas encore.

Une idée largement répandue au sujet de la douleur serait qu'apparemment, elle « détruit le langage[1] ». Mais la douleur ne détruit pas le langage : elle le change. Ce qui est difficile n'est pas impossible. S'il manque à notre langue le vocabulaire adéquat pour décrire tout ce qui fait mal, cela ne signifie pas forcément qu'il en sera toujours ainsi, uniquement que les poètes et le marché qui ont inventé nos dictionnaires n'ont pas – pour ce qui est de la souffrance – fait le travail nécessaire.

Imaginez un instant que les affirmations à propos de l'ineffabilité de la douleur soient historiquement spécifiques et idéologiques, qu'on présente généralement la douleur comme inexprimable parce que nous ne sommes pas censés partager une langue qui dise pour de bon comment nous nous sentons.

On trouve un exemple de cette ineffabilité de la douleur dans *La Condition de l'homme moderne* d'Hannah Arendt où elle dit de la douleur qu'elle est le sentiment « le plus privé et le moins communicable de tous ». Elle ajoute que la douleur est la « véritable expérience-limite entre la vie conçue comme "être parmi les hommes "[...] et la mort », sa subjectivité est si intense qu'elle n'a pas d'apparence. Comparez ce truisme philosophique sur l'absence de communicabilité de la douleur avec les fois où vous avez été témoin du supplice d'une autre créature. Les hurlements, les cris, les vagissements, les plaintes, les sanglots d'un être en souffrance sont sans équivoque. En général, les phrases « ça fait mal ! », ou « je souffre », « ça brûle » ou « c'est douloureux » ainsi que les différentes exclamations comme « aïe ! », « ouille », « putain de bordel de merde ! » sont aussi d'indéniables expressions de la douleur. Un chien ou un chat qui souffre communique tout autant. L'expression de la souffrance sur un visage – même quand celui-ci n'est pas humain – est impossible à confondre avec celle du contentement. Les grimaces, les traits déformés du martyre, les larmes qui coulent et les dents qui grincent disent tellement de choses qu'une locution telle qu'un « regard douloureux », par exemple, est employée couramment.

Le désir de tout faire pour enrayer la douleur des autres est puissant parce qu'elle est trop bruyante, trop vivement exprimée, et précisément parce qu'elle nous inflige un malaise empathique insoutenable – parfois sous la forme d'un agacement, parfois sous la forme d'une angoisse, parfois sous la forme de pitié. Le désir de mettre un terme à la douleur immédiate d'une créature de notre entourage est si fort qu'il pousse le témoin de cette douleur à infliger une douleur plus grande encore à la personne en souffrance, comme quand les adultes menacent de donner « une bonne raison de pleurer » à des enfants pour qu'ils se taisent. En fait, la douleur est si communicative que la source d'une grande partie de la violence s'incarne sans doute dans la réaction à l'hyperexpressivité de la douleur. Pour les sadiques, la gratification est dans la netteté de la douleur. Si la douleur était silencieuse et cachée, il n'y aurait aucun avantage à l'infliger. En effet, la douleur crée un *excès* de visibilité. La douleur est un sentiment fluorescent.

Affirmer que la douleur est incommunicable est un mensonge à la face de la communicabilité quasi constante, trans-espèce et universelle de la douleur. Par conséquent, la question n'est pas, au bout du compte, de savoir si la douleur a une voix ou une visibilité : la question est de savoir si les gens qui postulent le contraire sont curieux de savoir ce que la douleur a à dire et quels sont les corps qui prennent cette parole en charge. Jean-Jacques Rousseau, qui croyait que « la commisération sera d'autant plus énergique que l'animal spectateur s'identifiera intimement avec l'animal souffrant », théorisait qu'une absence de réaction face aux personnes en souffrance était une caractéristique propre aux philosophes : « C'est la philosophie qui l'isole, écrit-il dans son *Discours sur l'origine et les fondements de l'inégalité parmi les hommes,* c'est par elle qu'il dit en secret, à l'aspect d'un homme souffrant : "Péris si tu veux, je suis en sûreté." Il n'y a plus que les dangers de la société entière qui troublent le sommeil tranquille du philosophe, et qui l'arrachent de son lit. »

Sur Internet, la douleur est une série de posts concernant l'herméneutique et le temps.

Dans son texte de 1935, *Apologie pour l'anormal ou le manifeste du dolorisme*, Julian Teppe inaugure le mouvement Doloriste qui peignait sous un jour positif la douleur. Teppe s'oppose à la tyrannie des gens en pleine santé, il défend la douleur comme éducation qui libère de la matérialité et offre une occasion d'accéder à la lucidité. « Je considère l'anxiété extrême, écrit Teppe, surtout celle d'origine somatique, comme l'incitation parfaite pour développer un idéalisme pur[2]. »

Parfois, faire de sa douleur un héros est la seule voie possible pour la douleur, mais tout de même, la douleur devrait pouvoir nous éduquer par d'autres biais que par sa seule valorisation.

J'ai imaginé un « tourisme corporel » ou « système de soutien par échange somatique » grâce auquel une personne pourrait habiter temporairement le sensorium d'une autre en souffrance. Sur une échelle de 1 à 10 vous pourriez éprouver :

1. La douleur délicate, vive et angoissante des ongles qui se décollent de vos doigts et orteils

2. La douleur dense et atroce des os qui se dilatent en se remplissant de cellules sanguines stimulées artificiellement

3. La douleur moelleuse et congestionnée du corps en feu au contact du matelas

4. La douleur lourde et harassée des vêtements qui tombent sur le corps pathologiquement sensible

5. La douleur surprise et retournée comme un gant des aiguilles qui percent les bras, la poitrine, le gras des cuisses, le dos de la main, l'intérieur du poignet, et celle des intraveineuses

6. La douleur traînée de poudre fulgurante des molécules douloureuses qui s'éparpillent

7. La douleur du troisième type qui nous fait décortiquer les dispositifs implantés entre le muscle et la peau

8. Ou la douleur en courts-jus apocalyptiques des terminaisons nerveuses moribondes

9. Ou la douleur béante des plaies buccales ; la douleur patiente, étiologiquement blême et éprouvante des ligaments, des dents, des tendons, des articulations et des muscles bouffis par le poison ; la douleur corrosive du suicide cellulaire causé par les médicaments ; la douleur expansive irritante lancinante des follicules pileux etc. etc. etc.

10. La panique des insuffisances en tous genres, une nouvelle crise de la transmission –

Vous inviter dans mon corps souffrant serait sans doute revenu à vous inviter à un séminaire sur le changement de dimension. Avec la douleur, le spatial devient le temporel, comme dans *la douleur est l'expérience d'un lieu qui existe uniquement en tant que désir désespéré qu'elle s'achève.*

Il était facile de se laisser aller à voir le monde comme une machination pour discipliner les sens autant que les sentiments et les pensées induits par ceux-ci, de croire que le monde est une cocotte-minute que seul le couvercle d'un grand mensonge empêche d'exploser, d'espérer par ailleurs que la réponse est d'apprendre à s'émouvoir autrement, à éprouver différemment, à renouveler sa façon de penser, et qu'ainsi le couvercle sautera, l'eau de la vérité débordera de son contenant idéologique : *et voilà,* comme si on pouvait se libérer par l'exercice critique.

Mais je croyais à la saleté, n'ayant jamais mis les mains dans l'éther : montée sanguine plutôt que chutes d'étoiles, et aussi *matérialisme limbique, féminisme lacrymonial, violence comme éducation négative des sens, troupeaux, organisation de la terre et de ses matériaux, substances environnements et objets, ce qui nous appartient et comment l'obtenir, transmutation – suintement, illuminariens anti-Lumières, histoires sousterraines, lectures fautives, tout ce qui est mais qui est à peine perceptible en tant que tel, balais habillés de robes noires, violabilité, littérature en tant qu'elle permet un maximum de possible épistémologique…*

On ne peut pas se libérer par la pensée, mais ce n'est pas une raison pour ne pas s'éduquer.

Je voulais construire une fable sur une clinique, et puis la rendre monumentale, comme si une leçon sur le fait d'avoir un corps pouvait se tenir sur la pelouse d'une demeure présidentielle.

D'abord il y a l'aiguille dont tout le monde sait qu'elle fait mal, même si tous les décideurs disent le contraire. Puis il y a l'aiguille dont tout le monde sait qu'elle est inoffensive, mais qu'une personne ayant traversé des moments difficiles sent encore.

La première aiguille :

On prescrit souvent aux patientes en chimiothérapie une crème anesthésiante à étaler sur leur chambre implantable. La crème anesthésiante est censée rendre l'insertion de la grosse aiguille dans la poitrine de la patiente supportable. Peut-être que la crème anesthésiante permet à l'insertion de faire moins mal, mais l'insertion fait toujours mal. « Ça fait mal », disais-je aux infirmières quand elles me disaient toujours autre chose. « Ça fait vraiment mal, insistais-je, vous êtes en train d'enfoncer une grosse aiguille dans ma poitrine », leur rappelais-je quand elles me disaient que l'aiguille ne faisait pas mal (ou « ça appuie un peu ») alors que visiblement, mon corps réagissait dans la douleur. La salle de chimiothérapie où j'ai commencé mon traitement était ouverte : tous les malades et ceux qui s'occupaient d'eux pouvaient donc s'observer, voir les malades devenir encore plus malades, ce qui, dans la logique perverse du traitement contre le cancer, signifiait que leur santé s'améliorait. « Vous avez raison », a dit une autre patiente, une femme qui regardait. « Ça fait vraiment mal », a dit un homme entouré de ses enfants adultes, puis nous tous dans la salle de perfusion avons dit en chœur que ce qui semble faire mal *fait vraiment mal* pour que la personne qui nous faisait mal ne puisse plus jamais affirmer que ce qui nous fait vraiment mal – à nous tous – n'a jamais fait mal.

La seconde aiguille :

J'ai essayé de croire la science, mais je sentais encore la douleur. J'ai fermé les yeux, demandé à l'infirmière de ne pas me dire *quand*, mais chaque fois que l'aiguille perçait la peau de ma poitrine, mon corps sursautait et je poussais un petit cri. La reconstruction mammaire par expandeur est bien connue pour être très douloureuse, à tel point que ce procédé exige que vous signiez un formulaire de consentement pour votre future addiction aux opiacés. Mais la douleur connue de la reconstruction mammaire est une douleur longue et fastidieuse, que l'on éprouve moins à la clinique qu'en dehors, un ou deux jours après chaque étape d'étirement du muscle et de la peau. Ma douleur à moi, celle de l'aiguille qui entre dans la chambre reliée au cathéter métallique sous-cutané alimentant les expandeurs, en plastique dur, qui ont été placés sous mes muscles pectoraux écartelés juste après ma double mastectomie, était une douleur du genre immédiat censée être impossible. Les nerfs de ma poitrine avaient été sectionnés durant la mastectomie : les terminaisons situées au niveau de ma peau auraient dû être mortes, elles l'étaient, m'ont dit les médecins, chez 99 pour cent des autres patientes. Les médecins et ceux qui travaillaient là ont cru à ma douleur parce qu'ils l'ont vue après m'avoir fait fermer les yeux pour la mettre à l'épreuve, après avoir tenté de me tromper sur la piqûre de chaque aiguille. Personne ne pouvait l'expliquer puisque personne n'avait vu de douleur impossible et non scientifique comme celle-ci auparavant. Les étudiants en médecine sont venus observer le remplissage de mes expandeurs, ont observé une douleur impossible (ma douleur impossible) à l'œuvre, observé ma douleur de leurs propres yeux. La douleur que je sentais dans la poitrine à chaque session hebdomadaire était un fantôme malin, j'imagine, une sensation fantôme douée d'une mémoire si complète qu'elle pouvait réagir à une affliction non sentie avec une totale précision en matière de temps et d'espace.

Toutes les amputations sont sujettes à cette vie éternellement fantomatique, à cette sensation potentielle du jamais plus, du fantôme « je n'ai plus ». Les morceaux perdus de mon corps étaient des sites invisibles d'empathie avec le monde visible. Des actes violents, des représentations d'actes violents, une grimace ou un regard douloureux chez quelqu'un d'autre réveillait une sensation en miroir dans ces espaces qui chez moi n'existaient plus. Dans ce qui n'était plus, je sentais tous les autres. Ça fonctionnait avec une chute comique, les fusillades dans les films, un étudiant mécontent, une personne se plaignant sur Twitter, un travailleur épuisé, quelqu'un qui se cognait le pied, les dernières infos sur l'État islamique, les dernières infos sur les drones, les dernières infos sur la police[3].

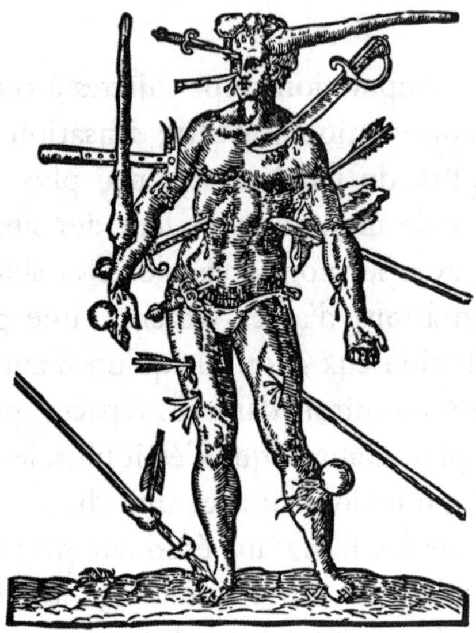

À l'époque, ma façon à moi d'être une penseuse était la suivante : *même si mon bras droit me fait mal et que je ne sais pas pourquoi, ma poitrine me fait mal et je sais pourquoi.* Ma douleur avait ses raisons quand j'étais malade ; pour le dire autrement, la douleur était mon corps qui se montrait *raisonnable.* J'avais été entaillée, empoisonnée, prélevée, amputée, implantée, trouée, affaiblie et gravement infectée, souvent tout cela en même temps. Et à cause du *caractère raisonnable* de ma douleur, je savais qu'il valait mieux faire la distinction entre ma vie avec cette douleur et la vie douloureuse de la personne torturée. Mais la torture elle aussi a ses raisons, comme l'existence de la métaphore du « corps politique » et l'aspect pernicieux de cette figure quand le traitement qu'elle propose passe par l'extraction d'informations. Les tortionnaires prétendent toujours que la torture est raisonnable, que par la torture on obtient sécurité, liberté, dieu, vertu ou je ne sais quelle autre rhétorique douteuse, mais je ne peux pas concevoir que lorsque les tortionnaires donnent un sens à la douleur qu'ils infligent, cela réduise la sensation de douleur maximale éprouvée par la personne torturée. Une cancéreuse peut bien savoir pourquoi ce qu'on lui fait doit être fait, cela n'enlèvera rien à la sensation d'avoir été entaillée, empoisonnée, prélevée, amputée, implantée, trouée, affaiblie et infectée, souvent tout cela en même temps. Et si la torture est une douleur instrumentalisée par une extra-distortion du temps – la torture est efficace en partie à cause du mensonge qu'elle pourrait ne jamais prendre fin –, le traitement contre le cancer désinstrumentalise souvent la douleur à l'intérieur de l'extra-distortion du temps qu'on appelle « mourir ». Il arrive que le traitement contre le cancer se termine bien, évidemment, comme ça a été le cas pour moi, si bien qu'il ne fait que paraître interminable, mais il possède aussi un synchronisme buté car, pour beaucoup de gens, il dure éternellement, c'est-à-dire au moins jusqu'à leur mort.

Chaque fois qu'on me demandait d'évaluer ma douleur par un chiffre, mes amis et moi projetions de déposer dans les salles d'attente des brochures présentant un vocabulaire alternatif de la douleur. Ce guide du nouveau langage de la douleur serait surtout composé de poèmes d'Emily Dickinson. Où se situe votre douleur sur une échelle de 1 à 10 ?

`341 Après une grande douleur, survient une impression formelle`

477 Nul ne peut faire le tour d'un désespoir
584 Je cessais de souffrir
599 Il est une souffrance - si absolue -
650 La Souffrance - a un Élément de Vide -
761 De Vacuité en Vacuité -
1049 La Souffrance n'a qu'une Compagne et c'est la mort

Dans ce rêve, j'étais dans le bureau d'un thérapeute pour les gens qui avaient des morceaux de cadavre en eux. La thérapie n'était pas destinée à la personne qui avait un cadavre en elle, mais au cadavre lui-même. La dépouille en moi avait traversé beaucoup d'épreuves : sa poitrine avait été utilisée comme radiateur, une partie de son corps avait voyagé à l'arrière d'un camion, elle s'était retrouvée dans des endroits louches, on avait joué avec elle comme avec un jouet. Je n'avais que quelques centimètres carrés d'elle en moi, mais la douleur et le gonflement qu'ils provoquaient montraient clairement que je la rejetais. Life-Cell (philosophie d'entreprise : « la chirurgie sans complications ») vend de la peau de cadavre stérilisée[4] utilisée comme matrice de soutien pour les implants mammaires sous le nom « Alloderm », mais le nominalisme hygiénique n'expliquait en rien comment cette fraction d'une personne morte implantée en moi avait pu envahir les rêves d'avril 2015 avec la version étendue et récurrente de la terreur éprouvée par un cadavre.

Je me qualifiais parfois de « malade », et tous les autres, ceux qui n'étaient pas malades, je les qualifiais de « futurs malades ». Parfois, je pensais aussi que le monde se répartissait entre ceux qui étaient malades à ce moment-là et ceux qui croyaient aller bien, mais il n'était pas si simple de placer chaque personne dans l'une ou l'autre de ces catégories. J'en étais persuadée, j'étais malade avant de le savoir. Si la maladie est un espace et la douleur une durée, aucune des deux ne saurait être une identité.

La chimiothérapie est le modernisme de la-mort-contre-la-mort. La chirurgie est Les Lumières. La reconstruction est la phase qui échappe à la périodisation – la médecine contre l'absence –, qui ne fait rien pousser mais donne l'apparence de cultures sur des champs récemment salés. Le handicap est tout ce qui n'est pas l'histoire, un champ de bataille transformé en supérette 7-Eleven sur laquelle quelqu'un a graffé DOULEUR SANS VICTOIRE[5].

Le philosophe Emmanuel Levinas a écrit que le moins qu'on puisse dire au sujet de la souffrance est « qu'elle ne compte pour rien ». « Qu'elle ne compte pour rien » est aussi ce que les gens disent de la poésie.

Si la souffrance ressemble à un poème, je veux que le mien soit cru, intègre et gothique.

Quand je leur ai demandé de dessiner la douleur, mes étudiants ont surtout fait des gribouillis, des courbes copiées sur les publicités pour l'aspirine ou des points d'exclamation.

Un point d'exclamation est utile, mais la douleur peut aussi se décrire à travers sa durée, sa magnitude, ses emplacements, ses relations, ses variations, ses disruptions, ses historiques, ses températures, ses perceptions tactiles, ses souvenirs, ses schémas, ses pressions, ses sympathies, ses formes, ses objectifs, ses références, ses causes, ses économies, ses oublis, ses dimensions, ses catégories, ses effets.

L'amnésie est la vice-présidente de la douleur et la mère de la philosophie. La philosophie oublie souvent ceci : nous sommes peu nombreux à n'exister la plupart du temps que comme une seule personne. Cette absence d'unicité, comme n'importe quelle unicité, peut faire mal.

Nous sortons des trous des autres ou y entrons, en fabriquons de nouveaux. Nous nous étripons, laissons traîner des bouts d'ADN, des fragments du codex de l'évolution à l'intérieur de nos amants et amantes, de nos mères et de nos enfants. Beaucoup d'entre nous ont un corps dans lequel d'autres personnes ont parfois vécu, ou même sont mortes. Cela peut faire souffrir de pénétrer les autres et d'en sortir, d'être pénétrés et quittés, d'être nés entre les mains d'un autre être sensible et dans l'environnement encore plus sensible que d'autres ont construit autour de nous, nés dans le reste du monde, tous capables d'éprouver la douleur, ce qui fera souffrir encore plus.

L'un des contre-objectifs de la littérature est au moins de nous rappeler notre non-unicité. C'est pour cette raison que j'ai tenté d'écrire les démocraties submersibles de la douleur, les panoramas partagés du ressenti extrême.

Avant mon apprentissage de la douleur, cette dernière avait été localisée, la douleur simple d'une vie simple, la douleur humble du morcelé, la douleur ordinaire de ce qui est secondaire et qui nous ferait croire qu'il existe des choses telles que des organes, des membres ou des identités.

Ma nouvelle calamité signifiait que je pouvais sentir toutes les cellules de mon corps d'un coup et à l'intérieur de chacune, toutes les mitochondries. Mais également qu'un méga-bordel de sensations pouvait exploser dans des endroits dont je venais tout juste de découvrir l'existence et aussi que ces sensations conspiraient pour m'enseigner qu'un truc appelé « bras » est un mensonge masquant sa réalité de ville, de guerre ou d'avalanche, qu'un truc appelé « aisselle » est une fausse déclaration pour cacher tout ce qui s'effondre ou un récif corallien, qu'un truc appelé « corps » ne s'arrête pas à la frontière de la chair et que cela donne tort à l'Europe et aux

Lumières, et qu'un truc appelé « métaphore » est une technique trop limitée pour décrire tous les types et le nombre de souffrances atroces qui pouvaient désormais être perçues d'un coup, et dans les moindres détails.

Je voulais apprendre à dessiner des cartes pour en établir le plan. J'aurais publié un atlas chic représentant les géographies infernales de l'intérieur du corps avec leurs différentes formes de douleur et les villes, les guerres, les innovations agricoles et les éruptions topologiques qui s'y déroulent.

Mais ce serait mal de présenter la douleur comme si c'était une propriété – aussi mal que de la présenter comme une métaphysique. Dans la douleur, il y a toujours quelque chose à explorer, mais jamais rien à conquérir. Aucun empire ne se tient dans un nerf.

Avec la douleur, j'ai appris la matérialisation radicale de la sensation que certains confondent avec de la magie, la capacité à éprouver la souffrance des autres dans un espace qui n'est plus là. Dire que nous sommes toujours seuls dans la douleur est un mensonge, je crois : dire que le langage lui fait défaut en est un autre. C'est l'histoire qui fait défaut à la douleur, comme elle fait également défaut au langage, mais la vérité de l'histoire est aussi la vérité du langage à savoir que tout change toujours et rapidement. Chaque corps sensible rappelle que demain n'est pas aujourd'hui. Peut-être qu'endurer la douleur ne compte pas pour rien, ou que ça compte pour un rien+ : l'apprentissage de la douleur est un apprentissage en *toutes choses*, un rappel que *rien n'est tout.*

Vie gâchée

Je voulais écrire sur l'éreintement comme j'écrivais autrefois sur l'amour. À l'instar de l'amour, l'éreintement exige un langage auquel il échapperait dans un même mouvement, et comme l'amour, l'éreintement ne risque pas de vous tuer, quel que soit le nombre de fois où vous affirmerez en mourir.

En revanche, l'éreintement n'est pas comparable à la mort qui possède une intrigue ainsi qu'un lectorat. L'éreintement est assommant, n'exige aucun génie, il est démocratique dans la pratique, manque d'admirateurs. En cela, il ressemble à la littérature expérimentale.

Il fut un temps où je n'étais pas éreintée, puis je le suis devenue. Je suis tombée malade, puis les séquelles tardives du traitement m'ont éreintée. J'ai atteint le seuil de la déplétion, l'ai franchi, et une fois guérie, je suis restée dans ce probable éternel du jamais-tout-à-fait-mieux, m'enfonçant toujours plus loin dans les terres de l'éreintement. Que se passe-t-il quand vous ne pouvez plus vous autorégénérer ? Cet état de déplétion n'est pas la mort : c'est à peine faire autre chose.

L'éreintement est une culmination de l'Histoire présentée dans un corps, puis dans un autre, et dans un autre encore. Si le sujet de l'éreintement a gagné en popularité ces derniers temps, c'est parce qu'un sentiment autrefois prolétarien est devenu le sentiment d'un tout prolétarianisé.

Les éreintées s'efforcent toujours de, même quand elles n'en ont pas envie, même quand elles sont trop éreintées pour qualifier l'*effort* d'*effort*, ou pour y penser en ces termes. *L'effort* des éreintées est le carburant de la machine qui, la première, n'a cessé de les laminer. La vie n'est pas obligée d'être heureuse pour être longue.

S'efforcer de est une façon de voyager avec un corps à travers ces efforts pour en trouver la limite. *Vous en êtes tout bonnement incapable*, mais devez le faire. Et vous le ferez. D'abord une inspiration, puis un exploit, puis une autre combinaison de tentatives, un échec, une sieste ou une mauvaise décision, tout ça pour une tentative de *tentative,* avaler un goûter hautement protéiné et jouer avec l'extrême-limite actuelle de son existence.

Les éreintées sont malléables et adaptables. Elles plient d'autant plus et mieux qu'elles ont été éreintées. Elles mènent une vie aussi fluide que l'eau dans laquelle un cadavre lesté de pierres a été plongé, un bateau a sombré ou de laquelle un dauphin a surgi.

Les éreintées ont un désir : ne plus être éreintées. Les éreintées ont le droit d'avoir cet unique désir, celui de ne plus être éreintées, comme condition préalable à la possibilité d'avoir de nombreux désirs à nouveau, de ne plus être éreintées afin de pouvoir avoir envie d'autre chose, d'avoir envie de ce dont elles ont vraiment envie, c'est-à-dire ne plus être éreintées, afin que leur corps puisse à nouveau offrir la possibilité de l'amour, de l'art ou du plaisir, de penser sans regretter, de réussir, aussi, ou quelque chose qui aille au-delà de la tentative triste et ratée d'atteindre un *à peine.*

Notre envie n'est pas exactement notre envie quand elle est ainsi exposée à travers un éreintement trop grand pour désirer quoi que ce soit. Ce que les éreintées prenaient autrefois pour un désir venant de l'intérieur s'avérait être un désir de ce qui était à l'extérieur, de ce qui les avait précédées et de ce qui était ordonné par tout ce qui n'était pas elles.

Mais ce n'est pas aussi abstrait, l'énergie et son absence ; pas si abstrait non plus, d'être trop éreintée pour ne rien pouvoir désirer à part ne plus être éreintée ; pas si abstrait non plus, l'éternel hyper-concentré de ne pas avoir assez de toute une vie pour en faire ce qu'on peut. Les éreintées sont éreintées parce qu'elles vendent des heures de leur vie pour survivre à leur vie, puis utilisent les heures qu'elles n'ont pas vendues pour préparer leur vie à être mise en vente, et les heures qui suivent à faire la même chose pour la vie des autres, de ceux qu'elles aiment.

Si on veut, on peut, lui dit-on dans la zone économique des possibilités personnelles illimitées. C'est le libre-échange des âmes par-delà les frontières ouvertes de l'infatigable. C'est une série de choix vastes comme l'horizon que rien ne vient arrêter, sauf dans la façon dont toutes ces possibilités seront circonscrites par la capacité à s'épuiser dans la découverte du début d'une possibilité.

Le destin ayant fait naufrage, ils nous ont envoyé l'agentivité en remplacement. Liberté d'aimer, liberté de travailler, liberté d'obtenir, liberté d'entrer dans les dimensions multiples, contractuelles ou intérimaires où chaque élément de l'existence d'une personne est négocié de façon à déterminer sa place en fonction de l'épuisement que celle-ci occasionnera.

Dans cette version de la liberté, l'invisibilité de toutes les barrières est le but de chaque barrière invisible.

L'absence apparente de limites au milieu des limites mystifie aussi bien les limites que l'illimité. Il y a des horizons qui s'effondrent, des routes et des autoroutes sur lesquelles on croit pouvoir rouler indéfiniment, et c'est quand tout cela vous éreinte, que se dresse une vraie barrière.

La liberté s'arrête exactement là, accrochée à votre propre défaillance de système, une ancienne dynamo à présent réduite à un animal évaporé, toute son énergie libre ayant été dépensée librement dans une quête conduisant à la fin de la liberté.

Les éreintées, ou du moins la plupart d'entre elles, se lèvent chaque jour. Qu'elles parviennent à se lever presque tous les matins témoigne de la distance entre ce qu'éprouve une personne et ce qu'elle fait.

Une personne peut se lever et le fait souvent dans une tentative de sortir de son lit avec *volonté en option*, et quand elle n'arrive pas à se lever, ce n'est presque jamais par manque d'envie de le faire. Peu importe qu'elles *ne puissent tout bonnement pas*, puisque les éreintées, si elles sont en vie, continuent de. Elles continuent de, comme tout le monde, jusqu'à ce qu'elles s'arrêtent, mais elles continuent plus lamentablement que celles qui ne sont pas encore éreintées. Vivre et manger, boire de l'eau, trouver une méthode – via le travail ou l'amour – qui permette de manger, payer les factures et les impôts, aller aux toilettes, enfiler ses vêtements, s'occuper de ceux qu'elles aiment, cette méthode exigeant qu'elles se lèvent au moins de temps en temps. Les éreintées pourraient presque faire ce qu'elles sont censées faire, mais à cause de cet état diminué, elles ne font presque jamais ce qu'elles veulent. Les éreintées ne meurent pas. Ou si elles le font, cela n'arrive qu'une fois, comme tout le monde, et de n'importe quoi. Un corps éreinté donne presque toujours les mauvaises informations. Les mauvaises informations sont aussi les bonnes : ça ne peut plus durer, sauf que si, ce qui prouve combien la frontière entre la vie et la mort est floue.

Vivre prend la forme d'un effort pour exister. Dans la longue nuit de ce dossier étiqueté *effort pour exister*, les heures en sont réduites à une absence d'énergie pour parvenir ne serait-ce qu'à mesurer la durée de ces heures. Tout est tenté – d'où l'éreintement – et la personne qui tente de prendre des notes sur le sujet, écrit : « Je suis éreintée » parce qu'elle est trop éreintée pour poser son stylo.

Vous vous éreinterez à essayer de devenir vous-même est le prélude aux règles d'existence entrepreneuriales proposées par le yoga. Voici venu le temps du *oui* ; de l'âge du *on peut* inarrêtable, une existence massive dans le sophisme soma-pathétique où le corps et la planète terre, ensemble, captent la texture alarmante de notre expiration mutuelle.

Ci-dessous, une asana d'autoexploitation :

> D'abord, respirer. Puis transpirer. Maintenant, transpirer en respirant. Puis réussir. Puis envoyer un mail et transpirer. Maintenant, respirer, réussir et envoyer un mail. Maintenant, travailler en respirant. Maintenant, échouer, dormir et respirer. Maintenant, refuser de dormir en respirant ou essayer de refuser de respirer sans arrêter de transpirer, échouer et réussir.

L'éreintement comme méthode d'existence combine toutes les actions jusqu'à ce qu'il trouve les contours de la fin de l'existence. À l'instar de ce qui est aléatoire, cette méthode n'a qu'une issue : la possibilité. Cette possibilité est surtout la possibilité que tout finira dans l'éreintement.

Les éreintées voient à nouveau leur énergie gâchée. Le sommeil, qui est souvent le remède à la fatigue, déçoit les éreintées. Le sommeil est pris par le travail des rêves, il génère plus de sommeil et ce plus de sommeil génère plus d'éreintement, et ce plus d'éreintement génère plus d'éreintement encore pour lequel le remède n'est presque jamais le sommeil seul.

Les éreintées sont les saintes de la vie gâchée si un saint est une personne plus douée que les autres pour souffrir. Parmi ce que les éreintées savent mieux souffrir, il y a la façon dont le corps et le temps sont souvent en décalage l'un par rapport à l'autre en cette période de chronicité dévorante et confuse où la moindre heure qui passe est amplifiée bien au-delà du rythme circadien, quadruplée par un emploi du temps découpé en quarts d'heure, en tranches, minuteurisé, FOMOisé et productivisé. Les éreintées sont la preuve vivante qu'on confond chaque minute avec un empire pour la finance, chaque corps humain avec un instrument qui devrait jouer des milliers de chansons conformes simultanément.

L'esprit ne se mesure pas. Parce qu'il n'est pas réel, ou du moins parce qu'il n'a pas de matérialité, mais il paraît bien réel quand on devient pleinement conscient de sa propre aridité. Peu importe qu'en son for intérieur, une personne éreintée se sente potentiellement non vivante ou floue, son corps ressemblera à un corps, discret, vivant et animé, et capable d'essayer encore, d'essayer mieux, de s'améliorer, de résoudre, de désirer ou de produire.

Nous ne sommes jamais le contenant de notre esprit. Personne n'a d'échelle de mesure tracée sur le corps. Personne ne sait à quel point nous avons été illimités ou à quel point nous pourrions l'être et, à bien y regarder, personne ne sait comment on existait avant, ni si c'était différent de notre façon d'exister aujourd'hui, ni combien nous avons été pleins et combien nous sommes vides. Il n'y a plus d'eau parce que le verre vide nous le dit. Afin d'apparaître épuisé, un corps doit ressembler à un contenant de vie, offrir une mesure approximative de ses ressources intérieures, puis de leur absence.

La personne éreintée est vidée ou « épuisée », mais ne peut même pas être vue comme telle, uniquement comme ce qu'on peut potentiellement (ce qui est le cas de tout le monde et sans doute de toute chose dans le monde instrumentalisé) épuiser. « Épuisé » se réfère surtout aux substances ou aux objets qui peuvent être contenus ou qui le sont généralement, et c'est en partie par rapport à leur contenant que ce qui peut être épuisé devient lisible en tant qu'épuisable. Peut-être que ces épuisables ne peuvent être considérés comme véritablement épuisés que lorsqu'ils ont disparu pour de bon, et cela s'explique peut-être par le fait que beaucoup de ce qui s'épuise a à voir avec le métabolisme, tels la nourriture, le savon ou l'essence. L'intérieur du composteur reste dans l'obscurité.

Les éreintées ont l'air éreintées parce qu'elles n'essayent pas, même si ce qui les éreinte est tout ce qu'elles essayent de faire. Il nous arrive de dire : « Tu as l'air éreintée », mais uniquement lorsqu'on se souvient de la personne autrefois pleine de vie, ne remarquant l'altération que par le biais de la comparaison, suggérant que vous aviez une bonne tête avant, mais qu'à présent *vous avez l'air émaciée, vous avez des cernes sous les yeux, votre visage est bouffi ou vos traits sont déformés, vous vous traînez au lieu de sautiller, que porter le poids de votre tête demande de grands efforts, vos propos manquent de clarté, vous piquez des crises de nerfs, vous pleurez à la moindre occasion, les mots sortent de votre bouche dans le désordre, vous pleurez et dites « je suis fatiguée » et « je suis éreintée » et vous pleurez parce que vous êtes épuisée.*

Une personne éreintée qui essaye de ne pas trop en avoir l'air, *essaiera,* puisqu'elle sait très bien faire ça. Elle mettra de l'anticerne sous ses yeux et du blush sur ses joues, recourra à toutes les astuces qui, d'après les magazines et les sites internet, lui feront une mine moins éreintée : recourber ses cils pour que les paupières soient moins tombantes, boire du café, prendre des amphétamines, faire de l'exercice, s'apercevoir qu'on est mardi, et puis qu'on est vendredi, que c'est la fin du mois, que c'est le début d'un autre, et puis que le temps a filé et l'a laissée en plan, emportant sa *to-do-list.*

Veillée funèbre

Tout est inventé. Je veux dire qu'avoir un corps dans le monde n'est pas avoir un corps dans la vérité : c'est avoir un corps dans l'histoire.

Tout est heuristique ! serait ma version de l'Ecclésiaste. Nous mettons en œuvre un outil pour chaque outil à mettre en œuvre. Rien n'est certain hormis ce qui est entre nous et que nous avons besoin de savoir : fabrication, apparence, filtres Instagram, formes floues. Nous créons des formes dans notre tête pour comprendre le monde mais, même là, on n'y arrive jamais complètement.

Le 14 février de l'année 170 de notre ère, rêvant qu'il était dans sa ville natale de Smyrne, Aristide a raconté : « Je ne pouvais en croire mes yeux devant les spectacles qui m'étaient offerts et que je voyais[1]. » J'écris dans mon journal : *j'espère ne jamais écrire merveilleusement si ce que je dis n'est pas vrai.*

Il y a le cas où l'on est porteur d'une souffrance désirable. Les dévots de l'Europe médiévale embrassaient parfois les lépreux. Ils mettaient le nez dans les plaies d'un lépreux ou en faisaient dormir un dans leur lit pour qu'il laisse derrière lui ce qu'ils appelaient du « parfum[2] ».

Il y a le cas où l'on est assis quasiment immobile, où l'on bouge moins ou presque pas ou pas du tout, celui où le monde continue de tourner à son rythme, où l'on n'est pas synchrone avec le monde au point que les journées s'enchaînent dans un grand flou, puis les mois, les années jusqu'à ce que le rythme du monde nous dépasse pour ne jamais être rattrapé.

Il y a le cas où l'on se sent comme la ville dont tout l'intérêt réside dans ses ruines.

Dans *La Mort en direct*, le film adapté du roman de D. G. Compton en 1980, Harvey Keitel interprète un journaliste à qui on a implanté une caméra dans l'œil et qui a pour mission de devenir ami avec une femme mourante jouée par Romy Schneider. Le film, comme le livre, se déroule dans un monde où la mort de maladie est devenue si rare que la vie a perdu la beauté qu'offrait autrefois le cadre de la tragédie. Le personnage de Keitel, Roddy, travaille pour un programme télévisé lui aussi appelé *La Mort en direct* qui promet aux téléspectateurs une expérience immersive dans la douceur d'une mort précoce.

Le slogan publicitaire du film dit : « Elle est la cible de tous les regards… y compris de ceux que seule la science pourrait créer. »

Comme dans le livre, Katherine Mortenhoe est une autrice qui passe ses journées à entrer les différents rebondissements d'une histoire dans un programme informatique qui génère des romans. Dans le film, elle ne meurt pourtant pas *de* l'information, mais *pour* elle. En quête de la star tragique idéale, les producteurs de *La Mort en direct* la trouvent en Mortenhoe, avec son visage expressif et sa résilience calme. Elle est assez jeune pour être belle, mais assez vieille pour être sage, assez commune pour être sympathique, mais assez extraordinaire pour passer à la télévision. Les producteurs, qui la savent mourante avant elle, commencent à la filmer à son insu au moment où elle apprend être atteinte d'une maladie incurable. Les producteurs placardent son visage sur des panneaux publicitaires avant même d'avoir signé un contrat de diffusion avec elle.

Mais l'énigmatique héroïne voit son visage sur l'un de ces panneaux, n'aime pas ça et n'a aucune envie de mourir devant la caméra. Elle tente de passer inaperçue en s'affublant d'une perruque grossière et s'enfuit en n'emportant que le flacon d'analgéxiques qu'on lui a prescrit. Elle a accepté l'argent de l'émission, mais pas pour elle, pour son mari plutôt indifférent qu'elle quitte sans prévenir, comme elle a toujours fait dans sa vie. Elle s'en va mourir dans l'anonymat frugal de la pauvreté et souffre seule au milieu de la multitude des nécessiteux.

Mortenhoe ignore que Roddy est l'unique employé de l'émission qui la regarde encore. Équipé de son œil-caméra qui filme tout, Roddy suit Mortenhoe, lui vient en aide et tous les deux traversent des territoires lugubres jusqu'à la pointe ouest d'une Écosse imaginée dans un avenir proche, au milieu de gens payés pour manifester, de HLM, de centres d'hébergement pour sans-abris et autres squats. Mortenhoe veut préserver sa vie privée. Roddy, quant à lui, a sans cesse besoin d'alimenter son œil-caméra en lumière – en manquer le rendrait aveugle. Dans une scène, alors qu'il vient d'être jeté dans une cellule de prison sombre, il parvient à s'éclairer après avoir supplié son gardien de lui rendre sa lampe de poche.

Mortenhoe repousse les avances cinématographiquement inévitables de Roddy : si le film montre bien un homme et une femme qui prennent la route ensemble, Mortenhoe fait clairement comprendre que son corps est trop occupé à mourir pour se soucier du désir de Roddy. Roddy et Mortenhoe ne sont pas amants, mais ça ne veut pas dire que leur relation n'est pas érotique. Roddy a besoin de voir Mortenhoe et Mortenhoe a besoin de ne pas être vue. Pourtant, quand Mortenhoe et Roddy atteignent la pointe ouest des terres, ce dernier en a trop vu. Il jette sa lampe de poche dans l'océan, ce qui lui fait perdre la vue et le transforme en pauvre diable puéril. Le film dit qu'un monde qui aime regarder ne peut pas supporter le mystère sans que cela ne provoque de crise. Ici, la lumière est le mensonge : les ténèbres, une vérité que le monde interdit.

Les hôpitaux ne laissent pas les malades dormir assez longtemps pour leur permettre de rêver. Après la dernière chimiothérapie, les médicaments ont suffisamment abîmé mon corps pour que je passe de l'oncologie à la cardiologie. Par une nuit froide de janvier, je suis seule dans le service de soins intensifs. Je suis réveillée toutes les heures par des intrus et des signaux sonores, reliée à des câbles et des tubes, morte de froid et inquiète dans les draps blancs de l'hôpital.

Les spécialistes disent qu'en écrivant *Discours sacrés,* Aelius Aristide a rendu publics des remèdes qui relevaient de la sphère privée ; un panégyrique à un dieu inextricable de l'autocélébration d'un mortel ; une œuvre dans laquelle le corps et le langage sont si finement tressés qu'ils en deviennent inséparables. Dans l'un de ses rêves, Aristide conclut que dans l'ensemble, les désirs des gens sont identiques à ceux des porcs – sexe, nourriture et sommeil – mais que ses désirs à lui sont les plus humains parce que ce qu'il désire, ce sont des mots.

Dans un autre rêve, Aristide tombe sur un temple construit pour Platon, ce qui éveille ses craintes : plutôt que de construire des temples dédiés à des personnes illustres, pense-t-il, nous devrions écrire des livres parce que si les dieux sont faits de tout, les gens sont eux faits de langage.

Quand les amis d'Aristide l'accusent de suivre les prescriptions de ses rêves trop fidèlement, il leur rappelle que pour lui, entre les consignes des médecins et celles d'un dieu, le choix n'existe pas. Généralement, ces recommandations impliquent de se baigner ou de ne pas le faire, de tester tous les types de pièces d'eau. Ces aventures thérapeutiques ne peuvent pas être reproduites par d'autres puisqu'elles ont été pensées spécialement pour Aristide par le dieu Asclépios. Souvent, ce qui guérit une personne en tue une autre. Par le biais des rêves, le dieu lui donne aussi des conseils de carrière, et suivant le conseil d'Asclépios, Aristide déclame ses discours aux amis qu'il a réunis autour de son lit de malade et, parfois, rédige de la poésie lyrique destinée à un chœur d'enfants.

Le chemin de la survie n'est jamais tout tracé.

En janvier de l'an 170, Aristide écrit que « chacun de mes jours, de même chacune de mes nuits, comporte son histoire[3] ». Ce qui vaut aussi pour nos minutes. À moitié perdue dans mes pensées délirantes à l'hôpital, j'attache mon acceptation de la terminologie existante à une grande oie blanche et la fais s'envoler dans la nuit étoilée, la chargeant de toute ma mauvaise humeur ou vanité, ainsi que de ma cruauté, de toutes les faiblesses qui risqueraient de prendre la place d'une colère plus grande et plus justifiée.

Je me mets à avoir peur que mon cancer n'ait jamais existé, que les sites paranoïaques sur le cancer aient raison, que tout ça n'ait été qu'un complot de Big Pharma, que cette grosseur n'ait été rien, que ce qui m'est arrivé n'ait été qu'une fiction lucrative que j'aurais pu soigner par du jus de carotte ou en buvant mon urine. À l'hôpital, pendant que les cardiologues essayent de prouver ou de réfuter une insuffisance cardiaque, j'ai peur d'être en train de mourir d'un mensonge.

Quand Roddy perd la vue, la chaîne qui diffuse *La Mort en direct* se retrouve avec un écran noir. La mort de Katherine Mortenhoe n'est plus retransmise. Nous apprenons alors que Katherine Mortenhoe n'est pas du tout en train de mourir, du moins ne l'était-elle pas jusqu'à ce que l'émission télé s'associe à son médecin traitant pour que ce dernier lui prescrive le médicament qui créerait l'expérience de sa mort, gélule après gélule.

Tout n'est que mensonge : l'amitié de Roddy, la maladie incurable de Mortenhoe, la certitude de Roddy que la lumière jamais ne disparaîtra, la certitude de Mortenhoe qu'elle a réussi à fuir vers les ténèbres.

Mortenhoe n'est pas soulagée de découvrir qu'on lui a fait croire qu'elle était mourante. Elle n'est pas reconnaissante de savoir qu'elle va pouvoir continuer de vivre dans ce monde qui la tuait à petit feu avec des médicaments afin de la regarder mourir et de se repaître de cette tristesse. Elle avale toutes les gélules restantes, mais nous ne voyons pas sa mort et ne sommes pas sûrs qu'elle soit vraiment morte. En refusant de montrer cette scène, le film offre à Mortenhoe le mystère que le monde du film voulait lui refuser.

Deux ans après le tournage de *La Mort en direct*, Romy Schneider, l'actrice qui jouait le rôle de Mortenhoe, est morte d'une overdose médicamenteuse dans une chambre d'hôtel à Paris.

L'année 1321 pourrait être la seule de l'histoire où les malades, infectés et défigurés, se sont organisés collectivement pour prendre le pouvoir. En tout cas, c'est ce que disait la rumeur. On croyait que les lépreux se préparaient depuis deux ans – non seulement pour leur révolte, mais aussi pour le monde qui viendrait après. Ils avaient planifié qui aurait quoi et comment. Tous les puits, les cours d'eau ainsi que les fontaines seraient empoisonnés en même temps – avec un mélange d'urine, de quatre types d'herbes et un corps sanctifié. Tous les habitants de France (tous ceux qui n'étaient pas lépreux) mourraient ou seraient contaminés. Les personnes en bonne santé ayant survécu à la révolte des infirmes, désormais infirmes à leur tour, deviendraient les citoyens naturels du royaume des infirmes[4].

Les lépreux n'ont jamais régné sur le monde : le complot a été découvert, les lépreux ont été rassemblés et brutalisés, brûlés, torturés, emprisonnés. Le mouvement de panique autour de la lèpre s'est étendu à toute l'Europe. Ce n'est pas la conséquence du complot des lépreux qui m'intéresse – la répression revient avec la régularité des saisons –, mais que l'Histoire ait ne serait-ce que retenu le rêve d'une révolte de lépreux.

« La maladie, a écrit le groupe allemand radical appelé Collectif de Patients Socialistes, devient le défi indéniable pour tout révolutionner – oui, tout ! – pour la première fois, pour de bon et tout de suite[5]... »

Comme m'a dit une infirmière un jour en salle de perfusion : « Faut être un loup pour arrêter un loup. »

Concernant mon cœur, les cardiologues n'ont pas tranché. Les semaines garanties de congés sans solde pour maladie grave n'étant pas suffisantes pour toute personne atteinte d'un cancer compliqué, ce qui cause souvent des désagréments aux patients qui doivent suivre un traitement d'un an ou plus qui, par ailleurs, va laisser des séquelles, il ne me reste plus de congés à prendre pour mes problèmes de cœur – et encore moins pour toutes les opérations chirurgicales que je dois encore subir. Que je sois mourante ou pas, j'ai toujours des factures à payer, une enfant à élever, des étudiants à qui enseigner, un boulot à conserver : il faut que je travaille. Je crée l'apparence de la santé avec la trousse de produits cosmétiques que Cara m'apporte à l'hôpital. Le nouveau médecin du service de soins intensifs entre dans ma chambre où je me suis installée aussi loin que possible de mon lit de malade. Assise bien droite, je lis dans un fauteuil. Le médecin me demande où se trouve la patiente.

Je pratique le cancer depuis des mois, la médecine me fatigue au plus haut point et je préférerais dire que la patiente a disparu. Au lieu de quoi, et puisque c'est médicalement nécessaire, je confesse que je suis la patiente et le médecin dit, déconcerté par la contradiction entre mon apparence et mon dossier : « Mais vous n'avez pas l'air malade. »

L'incapacité du médecin à concilier ma recréation astucieuse de la santé avec la réalité de la maladie me donne l'opportunité de persuader le soignant qu'il peut me délivrer une décharge, même si les symptômes pour lesquels j'ai été admise en service de soins intensifs n'ont pas disparu. Je sors de là en fauteuil roulant et parce que le trimestre de printemps a commencé, on me conduit directement sur mon lieu de travail. Je peux à peine effectuer les trente pas qui me séparent de ma salle de cours, ne peux pas rester debout, mais tout juste sortie de l'hôpital, hors d'haleine et le cœur au bord de l'explosion, j'enseigne. Le lendemain matin, je vais voir un quatrième cardiologue qui, quand il me voit pour la première fois, dit, comme l'autre, que je ne ressemble pas à la personne dont il est en train de lire l'électrocardiogramme.

Les Égyptiens de l'Antiquité croyaient que pour accéder au royaume des morts, le cœur d'une personne – qui était pour eux le siège de l'esprit et des sentiments – devait être mis en balance avec une plume. Le cœur enregistre toutes les actions d'une personne, bonnes ou mauvaises, mues par l'amour ou la haine. Si ce cœur pèse plus lourd qu'une plume, une créature monstrueuse attend sous la balance pour le dévorer. Si à l'inverse, le cœur déroule une vie si correctement vécue qu'il pèse moins lourd qu'un plume, alors la personne aura le droit de passer dans l'au-delà.

L'une des infirmières qui travaillent avec ma chirurgienne mammaire apprend que je suis venue consulter le cardiologue. Elle part à ma recherche pour me saluer et me serrer dans ses bras. Elle a peur que je puisse avoir peur que mon cœur m'empêche de suivre le traitement jusqu'au bout – je suis dans les semaines qui séparent la chimiothérapie de la mastectomie –, à moins que ce soit elle qui ait peur que mes soucis cardiaques ne m'empêchent de suivre le traitement jusqu'au bout, je n'arrive pas très bien à savoir. Puisque c'est au cardiologue qu'il revient de donner son feu vert pour que je me fasse opérer, je passe plusieurs jours reliée à un moniteur portable, attendant un diagnostic que les cardiologues de l'hôpital ne peuvent pas établir.

La réponse est finalement trouvée : mon cœur n'a aucun problème. Mes nerfs, si. La chimio tue à petit feu ceux qui régulent mon cœur ainsi que beaucoup d'autres dans mes mains et mes pieds. Mon opération est repoussée, mais pas pour longtemps. On me dit que je dois manger, me remettre et attendre que les parties mortes de mon corps reviennent à la vie. Mon cœur est blessé, mais ne défaille pas.

Rien de ce que j'ai écrit ici ne s'adresse aux gens intacts et en bonne santé, et si c'était le cas je n'aurais jamais écrit ces pages. Tous ceux qui ne sont pas malades à cet instant l'ont été à un moment donné ou le seront bientôt. Je rêve de positions ratées avec minutie, de lacs et d'échelles que je ne peux pas grimper, d'un livre qui s'intitulerait *On ne sait jamais et ne saura sans doute jamais*. Il contient la valeur de chaque vie.

Je sais que tout ça est confus, du moins cela l'a-t-il été pour moi, mais il s'agit de la même confusion que lorsque je suis sûre que toute personne ayant vécu sait exactement de quoi je parle quand j'explique me sentir comme un serpent sur un sentier moucheté de lumière, serpent qui ne s'avère être, après inspection, que la mue d'un serpent.

Voir un serpent, c'est aussi penser à la façon dont un serpent ondule pour muer, dont il doit se frotter contre une surface dure pour que la peau se détache et dont il doit générer assez de nouvelle peau pour pouvoir abandonner l'ancienne. Voir un serpent, c'est penser à la façon dont le regard du serpent se voile, l'empêchant de voir pendant un moment parce que voilà, il y a cette nouvelle peau et qu'il faut se débarrasser de l'ancienne, perdue pendant la métamorphose. Je décide que la question posée par ce livre est : *Serez-vous le serpent ou la mue ?*

De même que personne ne naît hors de l'histoire, personne ne meurt de mort naturelle. La mort ne renonce jamais, elle est universelle sans l'être. Elle est répartie de manière disproportionnée, frappe avec des drones, des armes à feu et les poings d'un mari, voyage sur le dos minuscule de microbes produits en hôpital, circule dans les orages créés par la nouvelle météo capitaliste, se présente via le murmure d'une irradiation entraînant la mutation d'une cellule. Elle se soucie de savoir qui nous sommes tout en s'en moquant. Il y a un écureuil mort sans cause apparente, le corps intact, au creux d'une racine d'arbre près de mon appartement. Étant une créature mortelle comme les autres, je ne devrais pas trop m'attacher à la vie. Dans mon journal, j'ai écrit : *Dans ce choc de civilisations – la vie contre la mort – je sais dans quel camp je me situe,* sans jamais dire lequel.

Épilogue

/et ce qui m'a sauvée

Je ne suis pas morte, ou pas de ça en tout cas. Quand s'est éloignée la menace imminente que posait mon cancer, ma fille m'a dit que j'avais réalisé l'impossible et j'ai alors pris des dispositions pour écrire à l'intérieur de cette vie posthume. Après le cancer, j'ai eu l'impression qu'on avait donné tous les droits à mon écriture. Les forces curatives de la décimation médicale m'ont fait perdre des mitochondries, ma beauté, un grand nombre de souvenirs, une bonne part de mon intelligence et entre cinq et dix ans d'espérance de vie si on est optimiste. Ayant perdu tout cela, je me suis aperçue que j'étais encore *moi*, abîmée pour devenir la version intensifiée de moi-même. C'est comme si la condition *d'être perdue* était, quand on parle d'une personne, ce qui, au final, nous conférait notre réalité.

J'ai essayé de tout coucher sur le papier. J'ai passé des années à écrire sur des minutes, des mois à écrire sur des jours, des semaines à écrire sur des secondes et des jours à écrire sur des heures, et dans ces minutes de l'expérience où se sont désormais perdus mes années et mes jours, j'ai encore l'impression que ces événements pèsent trop lourd pour être racontés. J'ai abandonné ce livre au moins mille fois, un chiffre qui n'inclut pas les autres destructions incalculables inhérentes à l'écriture – jets non enregistrés, pages effacées, passages excisés, structures détruites, arguments démontés, sentiments autocensurés, anecdotes passées sous silence. Ce chiffre n'inclut pas le compte Facebook que je ne supporte pas de rouvrir ni les tweets que je n'ai pas lus ni les mails que je ne ressortirai pas des archives ni les factures d'hôpital dont mes amis et moi avons fait des avions en papier et que nous avons lancés depuis le point culminant de ma ville ou celles auxquelles on a attaché un squelette en plastique pour les noyer dans un lac. Cela ne dit rien non plus du classeur *Votre parcours en oncologie* dont nous avons enterré les morceaux avec des graines de kale, la nuit tombée, dans des lieux publics dont je n'ai pas le droit de divulguer l'adresse. Quand je tapais sur la barre espace de mon clavier, c'était généralement en priant pour qu'elle reste coincée, pour qu'à la place de ce livre, on m'autorise une série de pages vierges sans cancer.

Si ce livre devait exister, je voulais qu'il soit une forme mineure de magie réparative, qu'il exproprie la force de la littérature loin de la littérature, qu'il manifeste le communisme du désagréable, offre à quiconque le lirait la liberté qui naît parfois d'un affaiblissement drastique. Je voulais que les morceaux de nos corps perdus se régénèrent via ses phrases et que l'élégance de ses idées amplifie nos cellules. Ce livre pourrait être un miracle émergeant d'un tas de pavés dans la mare, annonçant dans son ascension : « Sortir de la tombe pour descendre dans la rue », une phrase prononcée un jour alors que nous nous tirions les cartes entre amies, à une époque où tomber malade ne faisait pas partie des projets. Ou si je pouvais ouvrir la terre par l'écriture je le ferais, et je ramènerais à la vie une armée de ces femmes mortes insurgées – mais je n'ai jamais appris à écrire suffisamment bien pour faire tout ça.

Je déteste accepter que le mythe presque criminel de la singularité signifie que toute œuvre le concernant ressemble toujours à un témoignage, mais je l'accepte quand même. Cette œuvre sera jugée sur sa véracité, son utilité ou sa profondeur de sentiment, mais rarement sur sa forme qui est son moteur et sa fureur, qui retrace les mouvements d'un combat pour connaître, si ce n'est la vérité, du moins le tissu de mensonges contradictoires.

Un ami m'écrit à propos de ce qui manque dans un des jets précédents : « Tu n'emploies le Nous que par intermittence. » Au début, ma réponse est *je ne peux pas mentir*. Mais cela aussi, c'est un mensonge, preuve que je suis capable de mentir et que ça m'arrive de le faire. Ce que je voulais dire, c'est que je ne peux pas faire semblant de m'être *sentie* moins seule, comme si, nageant dans le lac avec mes amis, je les dépassais, dépassais les bouées jusqu'à un point lointain où personne ne pouvait me secourir et où ceux que j'aimais n'étaient jamais allés. Et je suis incapable d'expliquer la provenance de tout ce qui n'est pas vrai, qu'il s'agisse du cancer ou de quoi que ce soit d'autre. Je suis incapable d'écrire sans hésiter sur ce qui prend sa source dans la folie de l'espèce, dans mes propres manquements ou sur la myopie de l'empire qui s'arrange pour nous détourner de la mise à distance de sa propre cruauté.

L'oncologie est un génie dans la production de sentiments désespérés, et c'est pour ça que je ne croirai jamais que la situation était aussi terrible qu'elle me semblait l'être, même si elle aurait pu être pire. Pour le diagnostic, les malades sont installés dans des espaces froids pendant que les techniciens sont dans d'autres pièces, derrière des vitres, et nous parlent dans un casque. Les chirurgiens étiquettent les parties de notre corps avec des stylos violets. Des personnes qu'on aime nous abandonnent. Des inconnus fétichisent notre souffrance. Nous sommes souvent si malades que nous ne sommes pas en mesure d'être avec les autres. Nous ne nous ressemblons plus, si nous nous mêlons aux humains, on nous montre la même pitié qu'à un animal abandonné. Il arrive aussi que les cancéreux ne se considèrent pas comme des camarades, mais comme un récit édifiant – une tragédie que nous espérons ne pas devenir – ou quelqu'un de moins malade que nous devons envier. Les discussions sur les origines environnementales de la maladie sont déclarées paranoïaques alors que la solitude du fatalisme génétique est endémique, et beaucoup de gens croient qu'ils sont nés avec l'inévitabilité du cancer et que seuls la chirurgie ou les laboratoires pharmaceutiques peuvent le supprimer. Du côté de la médecine douce, même niveau de conneries, seul change le lieu d'exercice – et cette fois on nous propose du Reiki et des plantes. Se sentir comme je me suis sentie pendant le traitement contre le cancer, c'est se sentir réduite à l'occasion la plus pathétique de faire du profit dans un monde déjà si diminué avant même l'événement du cancer, que l'effet de cette diminution supplémentaire en est d'autant plus déchirant.

Mais les récits de désespoir pris pour argent comptant sont des mensonges, de même que les vérités placées dans le mauvais contexte sont partiellement mensongères. J'ai connu le désespoir en même temps que beaucoup d'autres, et beaucoup de gens ont été aux prises avec le désespoir avant moi, le seront après ou le sont encore aujourd'hui. Si ne serait-ce que la moitié d'entre nous qui étions malades au même moment a éprouvé ce désespoir induit par notre traitement, cette solitude énorme et ordinaire pouvait-elle être autre chose que la preuve que nous avons été dupées ?

Même s'il est vrai que je me suis souvent sentie seule, il est aussi vrai que mes amis ont vécu tour à tour avec moi l'aventure de ma maladie, acceptant mes fantasmes onco-surréalistes sur la façon d'être malade, me laissant sortir au cinéma vêtue de mon pyjama en soie acheté en friperie, m'aidant à garder l'image d'aspirateurs d'hôpital et le bruit du goutte-à-goutte des intraveineuses, se joignant à moi pour mettre à la poubelle le gâteau célébrant la fin de la chimiothérapie plutôt que de le manger comme le veut la coutume. Nous étions tous d'accord : si je devais avoir un cancer, il faudrait le vivre dans une tempête de confettis d'*amor fati*, joué à la mode du film anarcha-féministe de 1966, *Daisies,* où les femmes sont allongées par terre en sous-vêtements et mettent le feu à des serpentins. Le banquet existe, disions-nous, pour être mis sens dessus dessous.

Mon amie Cara m'a dit que lorsque j'étais au plus mal, il était évident que ce dont j'avais besoin avant tout, c'était d'art – plutôt que de réconfort – et c'était donc pour surmonter le cancer que je devais imaginer transformer tout ce qui m'entourait en extrême esthétique. J'ai eu besoin de rêver à des cercueils remplis de miel d'embaumement, d'inventer des religions spéculatives, d'écrire des réquisitoires, de me venger, et de concevoir une toute nouvelle version du funéraire, de lister tous les mini-appareils électroniques que nos âmes devraient emporter avec elles dans l'au-delà et que j'ai aussi essayé de réinventer.

Durant mon traitement, des amis m'ont envoyé du popcorn au cannabis enveloppé dans le pantalon de yoga ayant appartenu à Diane di Prima. Je ne partageais la vie de personne qui puisse prendre soin de moi, mais leur cadeau montrait bien que j'avais le meilleur de ce que pouvait offrir le monde et, malgré tous les arguments penchant en faveur de l'inévitabilité avancés par les structures de privation de ce même monde, la privation n'est pas l'intégralité du monde. Le cancer était dur, mais ces formes d'amour inventives venaient l'adoucir, même si cet amour était d'un genre tout à fait hors la loi et non officiel, détaché du couple ou de la famille. Pourtant, quand j'étais malade, j'éprouvais aussi la tristesse froide de ce qui serait arrivé si je n'avais pas eu d'amis, si pour une raison quelconque, j'avais été difficile à aimer ou ce qui pourrait arriver si je le devenais. Des amis sont partis, mais d'autres ont donné un combo de temps et d'argent pour s'occuper de moi. Ceux qui avaient de l'argent ont rempli des chèques afin que ceux ayant un don pour le soin attentionné puissent prendre un avion et m'aider à vider les drains suturés à mon corps. Des amis ont envoyé des livres, d'autres des compilations. Notre solution au problème du soin n'était pas mesurable, elle était inadéquate et provisoire, mais elle m'a permis de traverser cette épreuve.

Un jour pendant le traitement, alors que la tumeur me faisait mal, que j'avais l'impression qu'elle recommençait à grossir et qu'une mort dans la douleur et la solitude me terrifiait, mon ami Jasper s'est assis dans le canapé que j'avais déplacé dans la salle à manger pour que ceux qui venaient me voir et s'occuper de moi puissent avoir un endroit où dormir. L'habitude d'allumer et d'éteindre la lumière semblait étrangère à Jasper, et je m'étais convaincue qu'en tant que femme, j'agirais sous l'effet d'une oppression internalisée si j'allumais ou éteignais la lumière pour nous. C'est ainsi qu'on s'est retrouvés à discuter sur ce canapé, dans cette pièce quasiment plongée dans l'obscurité où les lampes ne manquaient pas, de la délivrance que peut représenter la mort. À ma peur d'une mort douloureuse et humiliante, Jasper a répondu : « Eh bien, nous ferons tous en sorte que ça n'arrive pas. » Je l'ai cru, bien sûr, j'ai cru qu'en dépit des risques, mes amis m'aideraient à mourir comme je l'entendais, parce que dans l'ensemble, mes amis avaient été très fiables, généreux et pleins de ressources pendant ma maladie. Mais à l'idée de quitter mes amis à jamais, j'ai fondu en larmes et me suis précipitée dans ma chambre.

J'espérais qu'il n'avait pas remarqué que je pleurais : mes larmes étaient silencieuses, nous étions dans le noir et il affichait parfois l'expression de celui qui est trop intelligent pour remarquer ce qui se passe sur le visage des autres. J'étais dans ma chambre depuis à peine une minute quand j'ai vu qu'il m'avait suivie. Alors j'ai dit, de cette voix de protestation suraiguë pas du tout convaincante : « Je vais bien ! » mais ce n'était pas le cas, et il a suggéré que le moment était sans doute venu de regarder la télé.

Alors c'est ce qu'on a fait, et dans la pénombre vacillante d'un épisode de *Black Mirror*, j'ai pensé à toutes les autrices qui étaient mortes trop tôt et dont j'aurais aimé qu'elles vivent. Mary Wollstonecraft avait trente-huit ans quand elle est morte après avoir accouché de Mary Shelley. La philosophe socialiste franco-péruvienne du dix-neuvième siècle Flora Tristan avait quarante et un ans quand elle est morte d'épuisement après avoir essayé d'organiser la classe ouvrière française. La philosophe Margaret Fuller avait quarante ans quand elle est morte de noyade au large de Fire Island, « les cheveux retombant sur sa robe blanche, face à l'Amérique », et prononçant ces derniers mots : « Tout ce que je vois, c'est la mort[1]. »

Avant que je ne tombe malade, le travail de ces femmes mortes m'avait tenu compagnie. Elles avaient imaginé une nouvelle structure pour le monde et ce faisant, les véritables possibilités qu'offrait le monde. Et dans ma quarante et unième année, j'ai réuni ces autrices autour de moi, je me suis détachée peu à peu des choses de la vie. J'ai imaginé une nouvelle structure pour le monde, ainsi que je le faisais toujours, puis j'ai répété ma mort, me détachant de tout désir comme on retire ses vêtements. J'ai restreint mon activité, j'ai restreint mes attachements : puis mes ambitions se sont soustraites – j'étais capable d'aimer de loin et, par là, d'imaginer la forme plus grande de l'amour.

La mortalité est un cadre sublime. Quel soulagement de ne pas avoir été protégée, me suis-je dit, de ne pas être le genre de personne subtile ou délicate dont l'expérience intérieure n'est faite que de bon goût et de sentiments polis ; quel soulagement de ne pas collectionner les égratignures comme s'il s'agissait de blessures mortelles pendant que le reste du monde saigne pour de bon, en vrai et sans arrêt. C'est encore une erreur de perception que ceux qui possèdent une protection sociale puissent regarder ceux qui en ont manqué par moments et s'imaginer que la faiblesse réside chez celui qui saigne plutôt que chez ceux qui n'ont jamais saigné. Ceux qui diminuent la beauté et le luxe de la survie le font sûrement parce qu'ils ont rarement frôlé la mort.

J'ai survécu et pourtant, le régime idéologique du cancer signifie que me revendiquer *survivante* m'apparaît toujours comme une trahison de celles qui sont mortes. Mais j'admets qu'il ne se passe pas un jour sans que je sois follement heureuse de pouvoir continuer de vivre. Je regrette de ne pas avoir pu tout écrire. Les grands orbes de l'inexprimé flottent toujours dans les airs. *Mais voici que se présente un nouveau problème,* dit l'horizontal au vertical. Puis la lune, jadis si obsédée par son déclin, s'arrondit enfin.

REMERCIEMENTS

Merci à toutes les personnes dont l'attention, le soin, la conversation, les encouragements, les avis et les exemples ont rendu ce livre possible et plus particulièrement CAConrad, Louis-Georges Schwartz, Jonathan Kissan, Erin Morril, Juliana Spahr, Dana Ward, Jasper Bernes, Daniel Spaulding, Sandra Simonds, Magdalena Zurawski, David Buuck, Anthony Iles, Jenny Diski, Ariana Reines, Carolyn Lazard, Dan Hoy, Amalle Dublon, Emma Heaney, Evan Calder-Williams, Jonah Criswell, Cyrus Console-Soicon, Jordan Stempleman, Phyllis Moore, Jonathan Lethem, Josh Honn, Frank Jayce Clayton, Lisa Robertson, Lyn Hejinian, Joanna Hedva, Sampson Starkweather, Constantina Zavitsanos, Malcolm Harris, Ed Luker, Jacob Bard-Rosenberg, Melissa Flashman, et Jeremy M. Davis, L. E. Long, Cara Lefebvre, Cassandra Gillig, et Hazel Carson méritent une dose supplémentaire de remerciements. Je leur dois ce qu'il y a de mieux dans ce livre. Je veux aussi remercier toutes les personnes qui ont pris soin de moi pendant ma maladie, les techniciens, infirmières, personnel paramédical, médecins, employés de bureau, agents d'entretien, les équipes de secours, et d'autres encore qui m'ont offert calme et sécurité pendant cette terrible épreuve.

Une partie de ce texte a paru dans *The New Inquiry,* le blog *Harriet* de la Poetry Foundation, *Litmus, Swimmers* et *Guernica.* « Vie gâchée » faisait partie d'une commande passée par l'EMPAC pour une exposition de Patricia Lennox-Boyd. D'autres parties de ce livre ainsi que les réflexions sur le soin sont tirées d'une communication que j'ai faite pour la conférence du Syndicat des Infirmières de Colombie Britannique de 2015, et les parties concernant Kathy Acker viennent d'une autre communication faite au CUNY grad center sur le livre de Chris Krauss, *After Kathy Acker.* Je souhaite remercier les éditeurs et les organisateurs de ces événements qui ont permis que ce travail voie le jour.

Je dois également une grande partie de mes réflexions à des conversations que j'ai eues sur les réseaux sociaux, par mail, après des lectures et des rencontres littéraires, et je voudrais remercier tous ces généreux interlocuteurs – beaucoup d'entre eux ont vécu des expériences similaires avec la maladie et le handicap – qui m'ont sans cesse donné l'occasion de comprendre le monde. Je souhaite par ailleurs mentionner les milliers de personnes qui font vivre les communautés en ligne dédiées au cancer du sein. Leurs courriels, leurs posts sur Facebook, leurs tweets, vlogs et leurs contributions sur les forums – tout cela offert gratuitement afin d'aider d'autres personnes – m'ont permis de comprendre ce que j'étais moi-même en train de vivre. Je pense en particulier à celles qui ont partagé leur vie dans des vidéos, comme Coopdizzle et

Christina Newman, qui ont eu un impact profond sur moi pendant mon traitement et après.

Ce livre a été rendu possible grâce à des bourses accordées par le Kansas City Art Institute et la Philip Whalen Grant for Poets in Need. Je souhaite aussi remercier la Whiting Foundation ainsi que la Foundation for Contemporary Arts et le fonds Judith E. Wilson à l'Université de Cambridge d'avoir soutenu mon travail et de m'avoir offert le soutien matériel nécessaire pour que je puisse terminer ce livre.

La traductrice souhaite remercier Jakuta Alikavazovic pour le passage de témoin, Marc Zaffran pour ses explications lumineuses et Céline Curiol pour les stimulantes séances de brainstorming.

NOTES

Prologue

1. Susan Sontag, *Journal. Volume II* (traduit par A. Rabinovitch), Paris : Christian Bourgois éditeur, 2013.
2. Alice James et Leon Edel, *The Diary of Alice James*, Boston : Northeastern University Press, 1999.
3. Susan Sontag, *La Maladie comme métaphore* (traduit par M.-F. de Paloméra), Paris : Christian Bourgois éditeur, 1989.
4. Ellen Leopold, *A Darker Ribbon : Breast Cancer, Women, and Their Doctors in the Twentieth Century*, Boston : Beacon Press, 2000.
5. Susan Sontag, *Journal vol. II.*
6. Jacqueline Susann, *La Vallée des poupées* (traduit par M. Levy-Bram), Paris : Presses de la Cité, 2014.
7. Charlotte Perkins Gilman, *The Living of Charlotte Perkins Gilman: An Autobiography*, Salem, New Hampshire : Ayer, 1987.
8. Audre Lorde, *The Cancer Journals*, San Francisco : Aunt Lute Books, 2006.

9. Fanny Burney, Barbara G. Schrank et David J. Supino, *The Famous Miss Burney : The Diaries and Letters of Fanny Burney*, New York : John Day, 1976.
10. Susan Sontag, *Journal vol. II.*
11. Kathy Acker, « The Gift of Disease », *The Guardian*, 18 janvier 1997, p. T14.
12. Audre Lorde, *The Cancer Journals.*
13. Sontag, *Journal vol. II.*
14. Eve Kosofsky Sedgwick, *A Dialogue on Love*, Boston : Beacon Press, 2006.
15. S. Lochlann Jain, *Malignant : How Cancer Becomes Us*, Berkeley : University of California Press, 2013.
16. *Ibid.*
17. Ellen Leopold, *A Darker Ribbon.*
18. Audre Lorde, *The Cancer Journals.*
19. Susan Sontag, *Journal vol. II.*

Les consultants

1. BI-RADS (Breast Imaging-Reporting and Data System) est un système de contrôle qualité des mammographies établi par l'American College of Radiology (ACR). Une mammographie classée 5 sur l'échelle Birads indique une probabilité de plus de 95 % pour que l'anomalie soit cancéreuse.
2. Aelius Aristide, *Discours sacrés* (traduit par A.-J. Festugière), Paris : Macula, 1986.
3. Lee T. Pearcy, « Theme, Dream, and Narrative : Reading the Sacred Tales of Aelius Aristide », *Transactions*

of the American Philological Association (1974–), vol. 118, 1988.

4. Michael T. Compton, « The Union of Religion and Health in Ancient Asklepieia », *Journal of Religion and Health*, vol. 37, n° 4, 1988.
5. Créé par le groupe Cancer Math au Laboratory for Quantitative Medicine du Massachusetts General Hospital, LifeMath propose des calculateurs de *Conditional Survival, Nipple Involvement, Nodal Status, Therapy and Outcomes*. Quand les variables sont entrées dans les calculateurs, les résultats prennent la forme de courbes de mortalité, de courbes de survie, de pictogrammes, de diagrammes à barres, circulaires ou d'une série de choix dans un menu à dérouler.
6. Respectivement *Metastatic Breast Cancer* (cancer du sein métastatique), *Fake boobs* (faux seins), *No Evidence of Disease* (pas de preuve de maladie).
7. D'après la Wage and Hour Division du Département du Travail américain, la loi accordant douze semaines de congés pour raison familiale ou médicale et qui couvre les travailleurs américains employés à temps plein ne garantit qu'un congé (sans solde) pour que « l'employé puisse s'occuper de son conjoint, d'un enfant ou d'un parent souffrant d'une maladie grave ».
8. Siddartha Mukherjee, *L'Empereur de toutes les maladies : Une biographie du cancer* (traduit par P. Kaldy), Paris : Flammarion, 2013.
9. Ki-67 est une protéine nucléaire qui fait partie des marqueurs de prolifération ; un lien a été établi entre sa surexpression et des chances de survie plus faibles chez les patientes atteintes d'un cancer.

10. La chimiothérapie néoadjuvante, qui signifie qu'elle est administrée avant la chirurgie, n'est pas un protocole de traitement courant pour le cancer du sein sauf en cas de cancer agressif ou de tumeur importante. L'avantage de cette chimiothérapie pour les patientes atteintes d'un triple négatif est qu'elle permet de surveiller la tumeur jusqu'à une potentielle « réponse histologique complète », ce qui veut dire que le cancer a été éradiqué par la chimiothérapie.
11. Siddartha Mukherjee, *L'Empereur de toutes les maladies : Une biographie du cancer*.
12. L'essai de Carlo Ginzburg « Traces, racines d'un paradigme incidiaire » tiré de son livre *Mythes, emblèmes, traces, morphologie de l'histoire* (voir la bibliographie), a profondément influencé mes réflexions sur l'effet que peut avoir sur l'expérience vécue le processus qui aboutit à l'établissement du diagnostic. Ginzburg décrit la « méthode morellienne » développée au dix-neuvième siècle par l'historien de l'art Giovanni Morelli et qui vise à déterminer l'authenticité d'un tableau par l'étude minutieuse d'infimes détails tels que les lobes d'oreilles et les ongles. Ginzburg relie la méthode morellienne à celles de Sherlock Holmes et Sigmund Freud. Dans toutes ces méthodes ainsi que dans le diagnostic du cancer, ce qui semble insignifiant est ce que l'on examine à la loupe. En conséquence de quoi, un élément qui n'était que lui-même est bientôt transformé en « preuve », et dans le cas du diagnostic du cancer ou de l'enquête criminelle, une preuve de nature à condamner définitivement une personne.

13. John Cage, *A Year from Monday : New Lectures and Writings*, Middletown, Connecticut : Wesleyan University Press, 1969.
14. Dans ce livre, j'emploie le terme « idéologie » dans le sens d'une version de la réalité partagée qui naît de circonstances historiques. Souvent, l'idéologie *semble* si naturelle ou si vraie qu'on ne l'interroge plus au quotidien, on suppose qu'elle est la vérité vraie jusqu'à ce qu'on soit douloureusement confronté à son mensonge. D'après mon expérience, une crise comme le cancer du sein tend à encourager une surproduction de l'idéologique et, par là, génère tellement de contradictions et de dissonances qu'au final, ce qui est généralement accepté mais faux, apparaît rapidement au grand jour sans autre vérité – du moins du genre partagée – pour la remplacer.
15. John Donne, *Méditations en temps de crise* (traduit par F. Lemonde), Paris : Rivages, 2002.
16. *Ibid.*
17. Clarice Lispector, *Água Viva* (traduit par C. Pioncioni et D. Lamaison), Paris : Éditions des femmes, 2018.
18. Aelius Artistide, *Discours sacrés.*

Naissance du pavillon

1. John Donne, *Méditations en temps de crise.*
2. Fran Lowry, « "Chemo Brain": MRI Shows Brain Changes After Chemotherapy », *Medscape*, 16 novembre

2011. Disponible sur : https://www.medscape.com/viewarticle/753663

3. Tim Newman, « How Long Does "Chemo Brain" Lasts? », Medical News Today, *MediLexicon Interantional,* 19 août 2016. Disponible sur : https://www.medicalnewstoday.com/articles/312436
4. Michel Foucault, *Naissance de la clinique*, Paris : PUF, 2015.
5. Giovanni Cassinelli. « The Roots of Modern Oncology : From Discovery of New Antitumor Anthracyclines to their Clinical Use », *Advances in Pediatrics*, U.S. National Library of Medicine, 2 juin 2016. Disponible sur : https://journals.sagepub.com/doi/10.5301/tj.5000507
6. Sarah Hazell, « Mustard Gas—from the Great War to Frontline Chemotherapy », *Cancer Research UK—Science Blog,* 24 août 2014. Disponible sur : https://news.cancerresearchuk.org/2014/08/27/mustard-gas-from-the-great-war-to-frontline-chemotherapy/
7. Au dos d'une veste en jean portée par l'artiste/activiste David Wojnarowicz en 1988 : « Si je meurs du sida – pas d'enterrement – balancez mon corps sur les marches de la F.D.A. »
8. D'après le site de l'American Cancer Society, « le programme Look Good Feel Better a été lancé en 1989 par le Personal Care Products Council (alors appelé Cosmetic, Toiletry and Fragrance Association ou CTFA), une organisation caritative soutenue par l'industrie cosmétique en coopération avec l'American Cancer Society (ACS) et la Professional Beauty Association (ou PBA), une organisation nationale qui représente coiffeurs, perruquiers, esthéticiennes,

maquilleuses et autres professionnels de l'industrie cosmétique ». Pendant ces deux heures d'atelier, les patientes atteintes d'un cancer reçoivent un kit de maquillage gratuit ainsi que des conseils sur la façon de camoufler « les zones préoccupantes ». D'après la Breast Cancer Action, « beaucoup de ces produits offerts contiennent des produits chimiques liés au risque de plus en plus élevé et peuvent même interférer avec le traitement contre le cancer ».

9. Même si elles ne sont pas aussi omniprésentes que les produits estampillés d'un ruban rose, il existe assez de variations du T-shirt « Merde au cancer » pour qu'une personne puisse ne porter que ça pendant un mois, voire deux, sans mettre deux fois le même ni avoir à faire la lessive. Le slogan est devenu si populaire qu'on le retrouve aussi gravé sur des bijoux dont un produit en vente sur Etsy qui combine « Merde au cancer » et « Tout finit par passer ».
10. Ester Heath et al. « Fate and Effects of the Residues of Anticancer Drugs in the Environment », *SpringerLink,* 28 juin 2016. Disponible sur : https://link.springer.com/article/10.1007/s11356-016-7069-3
11. Hanna Gersmann et Jessica Aldred, « Medicinal Tree Used in Chemotherapy Faces Extinction », *The Guardian*, 10 novembre 2011. Disponible sur : https://www.theguardian.com/environment/2011/nov/10/iucn-red-list-tree-chemotherapy
12. Meg Tirrell, « The World Spent This Much on Cancer Drugs Last Year… », CNBC, 2 juin 2016. Disponible sur : https://www.cnbc.com/2016/06/02/the-worlds-2015-cancer-drug-bill-107-billion-dollars.html

1. John Donne, *Poèmes* (traduit par J.-F. Fusier et Y. Denis), Paris : Gallimard, 1962.
2. Harriet Martineau, *Life in the Sick-Room : Essays, by an Invalid*, 3e éd., Londres : Edward Morton, 1849. L'invalide en question était Martineau elle-même.
3. Virginia Woolf, *On Being Ill*, Ashfield, Massachusetts : Paris Press, 2012.
4. John Donne. *Méditations en temps de crise.*
5. Virginia Woolf, *On Being Ill.*
6. Nicole Loraux, *Façons tragiques de tuer les femmes*, Paris : Hachette, 1985.
7. Plutarque, *Vie d'Antoine* (traduit par E. Chambry et R. Flacelière), Paris : Les Belles Lettres, 2015.
8. Marlene Dumas et Mariska Berg, *Sweet Nothings : Notes and Texts, 1982-2014*, Londres : Tate Publishing, 2005.
9. Virginia Woolf, *Essais choisis* (traduits par C. Bernard), Paris : Gallimard, 2015.
10. Lévitique 13:45 : « Le lépreux, atteint de la plaie, portera ses vêtements déchirés, et aura la tête nue, il se couvrira la barbe et criera : Impur ! Impur ! »
11. Diane di Prima, *Revolutionary Letters*, San Francisco : City Lights Books, 1974.
12. Goethe, *Faust* (traduit par J. Lacoste et J. Le Rider), Paris : Bartillat, 2009.
13. Plus loin dans la même scène, Faust s'adresse à son chien :

« Nous sommes accoutumés à ce que les hommes raillent
Ce qu'ils ne peuvent comprendre. »

14. Bertolt Brecht, *Brecht on Art and Politics* (édité par T. Kuhn, S. Giles et L. Bradley), Londres : Methuen, 2003.
15. *Ibid.*
16. Aelius Aristide, *Discours sacrés.*

Ce qu'il en fut de la révélation oraculaire

1. Avicenne : « L'un de nous doit supposer qu'il vient d'être créé d'un seul coup pleinement développé et parfaitement formé, mais avec sa vision empêchée de percevoir tous les objets extérieurs – créés flottant dans l'air ou dans l'espace, non secoués par aucun courant d'air perceptible qui le soutient, ses membres séparés et maintenus hors de contact les uns avec les autres, afin qu'ils ne se sentent pas. Laissez ensuite le sujet se demander s'il affirmerait l'existence de lui-même. Il ne fait aucun doute qu'il affirmerait sa propre existence, bien qu'il n'affirme la réalité d'aucun de ses membres ou organes internes, de ses entrailles, de son cœur ou de son cerveau ou de toute chose extérieure. En effet, il affirmait l'existence de ce moi tout en n'affirmant pas qu'il avait une longueur, une largeur ou une profondeur. Et s'il lui était possible dans un tel état d'imaginer une main ou tout autre organe, il ne l'imaginerait pas comme faisant partie de lui-même ou comme une condition de son existence. »
2. Extrait du Livre III de *De la nature* de Lucrèce :
   « Enfin nous voyons souvent l'homme s'en aller peu à peu, et perdre membre à membre le sentiment de la vie ; aux pieds d'abord, les doigts, les ongles deviennent

livides, puis les pieds, les jambes meurent et le reste du corps, de proche en proche, cède à la mort glacée. Or l'âme se trouve alors entamée aussi, et elle ne sort pas du corps d'un seul coup et tout entière : c'est pourquoi nous devons la tenir pour mortelle. »

3. D.G. Compton, *L'Incurable* (traduit par B. de Lesseps), Paris : Calmann-Levy, 1975.
4. *Ibid.*
5. *Ibid.*
6. *Ibid.*
7. Fanny Burney, *The Famous Miss Burney : The Diaries and Letters of Fanny Burney* (édité par B. Schrank et D. Supino), New York : John Day, 1976.
8. Audre Lorde. *The Cancer Journals.*
9. Malgré les différences historiques dans les circonstances qui ont entouré notre mastectomie, Lorde aussi a dû se battre au sortir de l'opération, mais dans le cas de Lorde, c'était pour ce droit fondamental de faire entendre sa douleur. Ainsi qu'elle l'écrit dans ses *Cancer Journals* : « Je me souviens d'avoir hurlé et poussé des jurons en salle de réveil tellement je souffrais, et je me souviens d'une infirmière qui a fini par me faire une piqûre d'un air dégoûté. Je me souviens d'une voix qui m'a dit de me taire parce qu'il y avait des malades, dans cette pièce, et de moi qui ai répliqué, très bien, mais j'ai le droit de m'exprimer parce que moi aussi, je suis malade. »
10. Julie Appleby, « More Women Are Having Mastectomies and Going Home the Same Day », NPR, 22 février 2016. Disponible sur : https://www.npr.org/sections/health-shots/2016/02/22/467644987/more-women-are-having-mastectomies-and-going-home-that-day

1. Ray Leszcynski, « "He Had Us All Duped": Mesquite Teacher's Aide Has Criminal Pas, Not Cancer », *Dallas Morning News,* 24 janvier 2017. Disponible sur : https://www.dallasnews.com/news/crime/2017/01/24/he-had-us-all-duped-mesquite-teacher-s-aide-has-criminal-past-not-cancer/
2. Hannah Button, « Friends Question Tualatin Woman's Cancer Diagnosis », KOIN, 20 juin 2017. Disponible sur : https://www.koin.com/news/friends-question-tualatin-coman-cancer-diagnosis_20171130084913371/870074736
3. Crystal Bui, « Woonsocket Woman Accused of Faking Cancer, Spending Donations », *WJAR News,* 22 juin 2017. Disponible sur : https://turnto10.com/news/local/woonsocket-woman-accused-of-faking-cancer-to-raise-money
4. « Society Can Dcide Is 15-Year Term Is Enough for Jailed Surgeon, Victim Says », *Herald Scotland,* 31 mai 2017. Disponible sur : https://www.heraldscotland.com/news/15319719.society-can-decide-15-year-term-enough-jailed-surgeon-victim-says/
5. « What We Know About Belle Gibson », *ELLE,* 13 mars 2015. Disponible sur : https://www.elle.com.au/news/what-we-know-about-belle-gibson-5919
6. Robert Allen, « Cancer Doctor Sentenced to 45 Years for "Horrific" Fraud », *USA Today,* Gannett Satellite Information Network, 11 juillet 2015. Disponible sur : https://eu.usatoday.com/story/news/

nation/2015/07/10/cancer-doctor-sentenced-years-horrific-fraud/29996107/

7. Martin Fricker, « Breast Surgeon Who “Played God with Women” Faces More Jail Time », *Coventry Telegraph,* 27 décembre 2017. Disponible sur : https://www.coventrytelegraph.net/news/local-news/demon-breast-surgeon-who-played-13350152
8. Alice Park, « Great Science Frauds », *TIME,* 12 janvier 2012. Disponible sur : https://healthland.time.com/2012/01/13/great-science-frauds/slide/andrew-wakefield/%C2%A0%C2%A0/
9. « FDA Warning Letter to Sanofi-Aventis Re Taxotere Marketing », *FierceBiotech,* 14 mai 2009. Disponible sur : https://www.fiercebiotech.com/biotech/fda-warning-letter-to-sanofi-aventis-re-taxotere-marketing
10. Katie Thomas, « Celgene to Pay $280 Million to Settle Fraud Suit over Cancer Drugs », *The New York Times,* 26 juillet 2017. Disponible sur : https://www.nytimes.com/2017/07/25/health/celgene-to-pay-280-million-to-settle-fraud-suit-over-cancer-drugs.html
11. « Products Claiming to “Cure” Cancer Are a Cruel Deception », U.S. Food and Drug Administration. Disponible sur : https://www.fda.gov/consumers/consumer-updates/products-claiming-cure-cancer-are-cruel-deception
12. « Gainsborough Woman Whose Elaborate Cancer Hoax Conned Employer out of £14,000 Is Ordered to Pay Back £1 », *Gainsborough Standard,* 19 juin 2017. Disponible sur : https://www.lincolnshireworld.com/news/gainsborough-woman-whose-elaborate-cancer-hoax-conned-employer-out-of-aps14000-is-ordered-to-pay-back-aps1-2085482

13. « In Memoriam: Charlotte Haley, Creator of the First (Peach) Breast Cancer Ribbon », Breast Cancer Action, 24 juin 2014. Disponible sur : https://www.bcaction.org/in-memoriam-charlotte-haley-creator-of-the-first-peach-breast-cancer-ribbon/
14. « History of the Pink Ribbon », Breast Cancer Action. Disponible sur : https://www.bcaction.org/about-think-before-you-pink/resources/history-of-the-pink-ribbon/
15. « The Pink Ribbon Story », Susan G. Komen for the Cure. Disponible sur : https://www.komen.org/uploadedFiles/Content_Binaries/The_Pink_Ribbon_Story.pdf
16. « Komen to Reformulate Perfume after Unfavorable Allegations », *NBCDFW*, 7 octobre 2011. Disponible sur : https://www.nbcdfw.com/news/local/komen-to-reformulate-perfume-after-unfavorable-allegations/1904765/
17. « Susan G. Komen Partner with Global Fracking Corporation to Launch "Benzene and Formaldehyde for the Cure®" », Breast Cancer Action, 2 décembre 2014. Disponible sur : https://bcaction.org/susan-g-komen-partners-with-global-fracking-corporation-to-launch-benzene-and-formaldehyde-for-the-cure/
18. Erik Eckholm, « $89 Million Awarded Family Who Sued H.M.O. », *The New York Times*, 30 décembre 1993. Disponible sur : https://www.nytimes.com/1993/12/30/us/89-million-awarded-family-who-sued-hmo.html
19. Richard A. Rettig, Peter D. Jacobson, Cynthia M. Farquhar et Wade M. Aubry, *False Hope : Bone*

Marrow Transplantation for Breast Cancer, Oxford, GB : Oxford University Press, 2007.
20. Denise Grady, « Breast Cancer Researcher Admits Falsifying Data », *The New York Times,* 5 février 2000. Disponible sur : https://www.nytimes.com/2000/02/05/us/breast-cancer-researcher-admits-falsifying-data.html
21. « Majority of Women Diagnosed with Breast Cancer after Screening Mammograms Get Unnecessary Treatment, Study Finds », *Los Angeles Times,* 12 octobre 2016. Disponible sur : https://www.latimes.com/science/sciencenow/la-sci-sn-breast-cancer-screening-mammograms-20161012-snap-story.html
22. Christie Aschwanden et al., « What if Everything Your Doctors Told You About Breast Cancer Was Wrong? », *Mother Jones*, 24 juin 2017. Disponible sur : https://www.motherjones.com/politics/2015/10/faulty-research-behind-mammograms-breast-cancer/
23. Kathy Acker, « The Gift of Disease ».
24. Sarah Schulman, *La Gentrification des esprits* (traduit par E. Notéris), Paris : B42, 2018.
25. « The Last Days of Kathy Acker », *Hazlitt,* 30 juillet 2015. Disponible sur : https://hazlitt.net/feature/last-days-kathy-acker
26. Lauren Elkin, « *After Kathy Acker* by Chris Krauss – Radical Empathy », *Financial Times,* 11 août 2017. Disponible sur : https://www.ft.com/content/b4ce8f48-7dc5-11e7-ab01-a13271d1ee9c
27. Kathy Acker, « The Gift of Disease ».
28. *Ibid.*

29. Chris Krauss, *After Kathy Acker : A Biography*, London : Penguin Books, 2018.
30. Audre Lorde et Rudolph P. Byrd, *I Am Your Sister : Collected and Unpublished Writings of Audre Lorde*, Singapour: Oxford University Press, 2011.

Dans le temple des larmes de Guiletta Masina

1. Elaine Scarry, *The Body in Pain : The Making and Unmaking of the World*, New York : Oxford University Press, 1985
2. Roselyne Rey, *The History of Pain*, Cambridge, Massachusetts : Harvard University Press, 1998.
3. L'Homme Blessé est un dessin anatomique que l'on utilisait pour représenter les différents types d'accidents et blessures ordinaires. Il est apparu pour la première fois en 1491 dans des traités médicaux. Cette illustration-ci est l'œuvre de Hans von Gersdorff publiée dans le *Feldtbuch der Wundartzney* (manuel de chirurgie) en 1519. Bien que souffrant de multiples blessures, cet homme est toujours dessiné debout et vivant.
4. Cette peau de cadavre vient de donneurs d'organes et de tissus dont beaucoup ne savent pas que leurs tissus seront immédiatement prélevés et feront l'objet d'un trafic par le biais de toute une série d'entreprises à but lucratif. LifeCell promet que la peau de cadavre utilisée pour la double reconstruction mammaire viendra du même donneur – j'ai donc deux morceaux de peau en moi, mais venant d'une seule personne – mais

Alloderm aide non seulement les patients atteints de cancer ou d'autres maladies, mais est aussi utilisé en chirurgie esthétique pour des interventions sans lien avec aucune maladie. Même si le monde lucratif de l'utilisation des tissus reste opaque, une enquête en plusieurs épisodes conduite par l'agence Reuters en 2017, et intitulée « Le commerce du corps », montre qu'il n'est généralement pas illégal aux États-Unis de vendre des cadavres humains. L'industrie estime que les ventes de tissus rapportent des millions chaque année, sans qu'un seul cent ne revienne aux familles des donneurs : https://www.reuters.com/investigates/section/usa-bodies/

5. Une illustration des voies empruntées par la douleur dans le *Traité sur l'homme* du philosophe René Descartes en 1664.

Veillée funèbre

1. Aelius Aristide, *Discours sacrés.*
2. Catherine Peyroux, « The Leper's Kiss », in Sharon Farmer et Barbara H. Rosenwein (dir.), *Monks & Nuns, Saints & Outcasts: Religion in Medieval Society : Essays in honor of Lester K. Little*, Ithaca, New York: Cornell University Press, 2000.
3. Aelius Aristide. *Discours sacrés.*
4. Carlo Ginzburg, *Le Sabbat des sorcières* (traduit par M. Aymard), Paris : Gallimard, 1992.
5. SPK (Collectif des patients socialistes), *Turn Illness into a Weapon : For* Agitation, Heidelberg: KRRIM, 1993.

Épilogue

1. John Matteson, *The Lives of Margaret Fuller : A Biography*, New York : W. W. Norton, 2013.

BIBLIOGRAPHIE

ACKER Kathy. « The Gift of Disease ». *The Guardian*, 18 janvier 1997, p. T.14.

ARENDT Hannah. *Condition de l'homme moderne* (traduit par G. Fradier). Paris : Calmann-Lévy, 1961.

ARISTIDE Aelius. *Discours sacrés* (traduits par A.-J. Festugière). Paris : Macula, 1986.

AVICENNE et INATI Shams C. *Ibn Sina's Remarks and Admonitions: Physics and Metaphysics : An Analysis and Annotated Translation*. New York : Columbia University Press, 2014.

BELLAMY Dodie. *When the Sick Rule the World*. South Pasadena, California : Semiotext(e), 2015.

BERKOWITZ Amy. *Tender Points*. Oakland, Californie : Timeless Infinite Light, 2015.

BISS Eula. « The Pain Scale ». *Harper's Magazine*, 2005.

BRECHT Bertolt. *Brecht on Art and Politics* (édité par T. Kuhn, S. Giles et L. Bradley). London : Merthuen, 2003.

BURNEY Fanny. *The Famous Miss Burney : The Diaries and Letters of Fanny Burney* (édité par B. Schrank et D. Supino), New York : John Day, 1976.

BURNHAM John C. *What is Medical History ?* Cambridge, U.K. : Polity, 2007.
CAGE John. *A Year from Monday : New Lectures and Writings.* Middletown, Connecticut : Wesleyan University Press, 1969.
CAZDYN Eric M. *The Already Dead : The New Times of Politics, Culture and Illness.* Durham : Duke University Press, 2012.
COMPTON D.G. *L'Incurable* (traduit par Barthélémy de Lesseps). Paris : Calmann-Levy, 1975.
COMPTON Michael T. « The Union of Religion and Health in Ancient Asklepieia ». *Journal of Religion and Health*, vol. 37, n° 4, 1998.
Di PRIMA Diane. *Revolutionary Letters.* San Francisco : City Lights Books, 1974.
DICKINSON Emily. *Poésies complètes* (traduites par F. Delphy). Paris : Flammarion, 2009.
DONNE John. *Poèmes* (traduits par J. Fuzier et Y. Denis). Paris : Gallimard, 1962.
— *Méditations en temps de crise* (traduit par F. Lemonde). Paris : Rivages, 2002.
DUMAS Marlene et BERG, Mariska. *Sweet Nothings : Notes and Texts, 1982-2014.* Londres : Tate Publishing, 2005.
DAUDET Alphonse Daudet. *In the Land of Pain* (traduit et édité par J. Barnes). *The New York Times of Books*, vol. 50, n° 2, 2003.
FOUCAULT Michel. *Naissance de la clinique.* Paris : PUF, 2015.
FREUD Sigmund. *L'Interprétation du rêve* (traduit par J.-P. Lefebvre). Paris : Le Seuil, 2010.
GILMAN Charlotte Perkins. *The Living of Charlotte Perkins*

Gilman : An Autobiography. Salem, New Hampshire : Ayer, 1987.

GINZBURG Carlo. *Le Sabbat des sorcières* (traduit par M. Aymard). Paris : Gallimard, 1992.

— *Mythes, emblèmes, traces, morphologie et histoire* (traduction revue par M. Rueff d'après M. Aymard, C. Paolini, E. Bonan. M. Sancini-Vignet). Paris : Verdier, 2010.

GOETHE Johann Wolfgang. *Faust* (traduit par J. Lacoste et J. Le Rider). Paris : Bartillat, 2009.

HOMERE. L'*Illiade* (traduit par E. Lasserre). Paris : Flammarion, 1965.

ISRAELOWICH Ido. *Society, Medicine and Religion in the Sacred Tales of Aelius Aristides*. Leiden : Brill, 2012.

JAIN S. Lochlann. *Malignant : How Cancer Becomes Us*. Berkeley : University of California Press, 2013.

JAMES Alice et EDEL Leon. *The Diary of Alice James*. Boston : Northeastern University Press, 1999.

KING Samantha. *Rink Ribbon, Inc : Breast Cancer and the Politics of Philanthropy*. Minneapolis : University of Minnesota Press, 2008.

KRAUS Chris. *After Kathy Acker : A Biography*. London : Penguin Books, 2018.

LEOPOLD Ellen. *A Darker Ribbon : Breast Cancer, Women, and Their Doctors in the Twentieth Century*. Boston : Beacon Press, 2000.

LEVINAS Emmanuel et HAND Seán. *The Levinas Reader*. Malden, Massachusetts : Blackwell, 2009.

LISPECTOR Clarice. *Água Viva* (traduit par C. Pioncioni et D. Lamaison). Paris : Éditions des femmes, 2018.

LORAUX Nicole. *Façons tragiques de tuer les femmes*. Paris : Hachette, 1985.

LORD Catherine. *The Summer of Her Baldness : A cancer Improvisation.* Austin : University of Texas Press, 2004.

LORDE Audre. *The Audre Lorde Compendium : Essays, Speeches, and Journals.* London : Pandora, 1996.

— *The Cancer Journals.* San Francisco : Aunt Lute Books, 2006.

LORDE Audre, et P. BYRD Rudolph. *I Am Your Sister : Collected and Unpublished Writings of Audre Lorde.* Singapore : Oxford University Press, 2011.

LUCRÈCE. *De la nature* (traduit par J. Kany-Turpin). Paris : Flammarion, 1999.

MARTINEAU Harriet. *Life in the Sick-Room : Essays, by an Invalid*, 3e éd. Londres : Edward Morton, 1849.

MATTESON John. *The Lives of Margaret Fuller: A Biography.* New York : W. W. Norton, 2013.

MUKHERJEE Siddartha. *L'Empereur de toutes les maladies : Une biographie du cancer* (traduit par P. Kaldy). Paris : Flammarion, 2013.

PEARCY Lee R. « Theme, Dream, and Narrative : Reading the Sacred Tale of Aelius Aristides ». *Transactions of the American Philological Association (1974-)*, vol. 118, 1988.

PETSALES-DIOMEDES Alexia. *"Truly Beyond Wonders" : Aelius Aristides and the Cult of Asklepios.* Oxford, U.K.: Oxford University Press, 2010.

PEYROUX Catherine. « The Leper's Kiss ». In : FARMER Sharon et ROSENWEIN Barbara H. (dir.). *Monks & Nuns, Saints & Outcasts: Religion in Medieval Society: Essays in Honor of Lester K. Little.* Ithaca, New York: Cornell University Press, 2000.

PLUTARQUE. *Vies d'Antoine* (traduit par E. Chambry et R. Flacelière). Paris : Belles Lettres, 2015.

RETTIG Richard A., JACOBSON Peter D., FARQUHAR Cynthia M. et AUBRY Wade M. *False Hope : Bone Marrow Transplantation for Breast Cancer.* Oxford, U.K.: Oxford University Press, 2007.

REY Roselyne. *The History of Pain.* Cambridge, Massachusetts : Harvard University Press, 1998.

ROUSSEAU Jean-Jacques. *Œuvres complètes.* Paris : Gallimard, 1959.

SCARRY Elaine. *The Body in Pain : The Making and Unmaking of the World.* New York : Oxford University Press, 1985.

SCHULMAN Sarah. *La Gentrification des esprits* (traduit par E. Notéris). Paris : B42, 2018.

SEDGWICK Eve Kosofsky. *A Dialogue on Love.* Boston : Beacon Press, 2006.

SONTAG Susan. *La Maladie comme métaphore* (traduit par M.-F. de Paloméra). Paris : Christian Bourgois éditeur, 1989.

— *Journal. Volume II* (traduit par A. Rabinovitch). Paris : Christian Bourgois éditeur, 2013.

SPK (Collectif de patients socialistes). *Turn Illness into a Weapon : For Agitation.* Heidelberg : KRRIM, 1993.

STEPHENS John. *The Dreams and Visions of Aelius Aristides: A Case-Study in the History of Relisions.* Piscataway, New Jersey : Gerogia Press, 2013.

SUSANN Jacqueline. *La Vallée des poupées* (traduit par M. Levy-Bram). Paris : Presses de la Cité, 2014.

WHITMAN Walt. *Feuilles d'herbe* (traduit par E. Athenot). Paris : José Corti, 2008.

WOOLF Virginia. *Essais choisis* (traduits par C. Bernard). Paris : Gallimard, 2015.

TABLE

Composition et mise en pages
Nord Compo à Villeneuve-d'Ascq

Cet ouvrage a été achevé d'imprimer sur Roto-Page
par l'Imprimerie Floch à Mayenne
pour le compte des éditions Grasset
en février 2022.

PAPIER À BASE DE
FIBRES CERTIFIÉES

Grasset s'engage pour
l'environnement en réduisant
l'empreinte carbone de ses livres.
Celle de cet exemplaire est de :
700 g éq. CO_2
Rendez-vous sur
www.grasset-durable.fr

N° d'édition : 22354 – N° d'impression : 99897
Dépôt légal : mars 2022
Imprimé en France

